WENBANSHI DE FANNAO

闻斑石的烦恼

高剑 著

人民文学出版社

图书在版编目（CIP）数据

闻斑石的烦恼 / 高剑著 . -- 北京 ：人民文学出版社，2024． -- ISBN 978-7-02-018957-1

Ⅰ. I247.7

中国国家版本馆 CIP 数据核字第 2024DE1413 号

责任编辑　季金萍
装帧设计　李思安
责任印制　张　娜

出版发行　人民文学出版社
社　　址　北京市朝内大街166号
邮政编码　100705

印　　刷　北京建宏印刷有限公司
经　　销　全国新华书店等

字　　数　163千字
开　　本　880毫米×1230毫米　1/32
印　　张　8.375　插页3
版　　次　2012年9月北京第1版
印　　次　2024年10月第1次印刷

书　　号　978-7-02-018957-1
定　　价　59.00元

如有印装质量问题，请与本社图书销售中心调换。电话：010-65233595

目　录

序　/　杨匡汉 001

沙　盘　/　001

猎　鹿　/　016

城　堡　/　028

斯盖尔的老屋　/　048

单身宿舍　/　065

鸽子的故事　/　083

小黄球　/　090

边城旅店　/　105

时　差　/　120

逃亡者　/　177

蓬松的裙子

　　——为一个倒闭的工厂而作　/　185

山影拳 / 190

聚　餐 / 204

寻人启事 / 213

第十四小区 / 219

闻斑石的烦恼 / 237

后　记 / 257

序

杨匡汉

当代中国无疑是小说大国。眼下,每年发表的长篇小说已近万部。中篇、短篇、微型、网络小说难以计数,名目多样的"评奖""排行"也层出不穷。任何一个评论家或批评团体都不可能阅尽全部春华秋实。但在实际操作中,或许可以发现批评界有意无意地"以篇幅长短论英雄",却较少地以"质"衡高下。事实上,现实生活犹如由多种河流汇成的广阔的海洋。题材大、幅度宽、时空交错者可以构成"巨流河"成就史诗般巨著;但同时,也无法排斥题材小、角度新、有独特发现的作品,可以构成有思想与艺术穿透力的精品。也因此,无论长篇还是短篇,主要看其能否以一种生命去诠释另一种生命,以一个灵魂来亲近另一个灵魂,以一番思考去理解和体悟另一番世态炎凉。这样,就小说而言,其思想深度、情感浓度乃至语言力度的要求,对于长篇、中短篇应当是平等的。

摆在我们面前的这部小说集《闻斑石的烦恼》即以短篇居多,

作者高剑，并没有太高的学历和太亮的光环。他中学毕业就步入"社会大学"，从北京到新疆，再去美利坚留学，闯荡半个世纪，做过钳工、木工、建筑等诸多工作，积累了丰富的人生体验，探悉了中西的各色人等。不依古法但另行，已有云雾绕膝生，他始终将义气施与人而才气藏于胸。一旦凝神落笔，竟也出手不凡。《收获》《当代》等名刊上有奇响，《十月》《小说界》发表的作品也令人耳目一新。他自称只是"业余爱好者"，不去走"网红""追风"的艺途。而是敢云大隐，且耐清寂的边缘写作。虽然发表的作品不多，字数均短，却篇篇可谓匠心独运。他淡泊自守，只"为我热爱的生活，写我看见的世界"。我以为这正是小说家正常的姿态，也应是小说界可贵的业态。

作为短篇小说，其主要特征，是截取生活的横断面，察其经络，观其血肉，"截"成为小说的情节、故事、人物。然而，这些对于小说而言，不是仅仅指"发生了什么"，更应看重的是"怎样的发生方式"。在高剑这里，发生的方式是"发散"与"收敛"交替的——前者思路活跃，扇形展开；后者定向聚焦，收缩发力。《斯盖尔的老屋》发生的故事，作者蓄意把老屋的前后主人"重名化"，于是一连串戏剧性的人生碎片得以呈现、重叠，从猜测到辨认，活现了两个"斯盖尔"异同相交的复杂人生。这种"发生的方式"使小说出现了奇特的姿态：既熟悉又陌生，既可信又不确定，既贴近又有距离，亦真亦幻，也有了作家独创性的发现。这种"发现"对于短篇小说作者而言，应该是问题的发现者，也是价值的评判者。人们很容易把《沙盘》的叙述视作奇闻异事——在一个童话般的小镇，一个名叫迈克的瞎子少年时就知道自己行将失明，于是他就年复一年地用画笔速写这故乡的古镇，将每一条街道、每一个建筑的台阶，乃至白色的教堂都一一精描细画下来，小镇在他心中如同沙盘一般清晰。然而随着经济大开发，小镇被改变了，迈克就在他了如指掌的施工路上不幸跌伤致死，把一个精致的沙盘留在人们的心中。在这里，高剑揭示了一个哲理性的命题——古镇和迈克的死灭并非终点，终点是遗忘。"沙盘"的存在正是一种反遗忘的写作。《闻斑石的烦恼》则是以荒诞的手法诠释荒诞。本是木匠的闻斑石成了艺术家阿艺的代笔人，阿艺只负责签名。直到画家成为植物人而无法签名，闻斑石又拒绝在自己的作品上签别人的名字时，一种在情节之外注入的有魔力的东西，一种更荒诞的植物人签名展示会亮相了。"烦恼"背后正是主人公内心深处最真实的体验。如今的艺术早已露出人性的狰狞。闻斑石在坚守"拒签"的底线，便是坚守了艺术的价值。而在另一篇小说《时差》里，"我"云游异域回到北京故里，一切的一切都发生了惊人的巨变，所有过往熟悉的都变得陌生。然而，青山易老人未老，归来仍是少年郎，所有的记忆都为温存的回味一一唤醒。狂命追逐的世界逐渐失去人性的过程，使主人公寻寻觅觅终于在离开故都的最后一晚找到了并约会了初恋的情人杜梅。在昏暗的酒吧的烛光下，旧情萌发，从表情、性情到细小的行为，情人之间心理的洞察，亦中亦西、不温不火。若即若离的拿捏，含情脉脉又不失分寸，以视角的诗意呈现了生命的温度和审美的信息。这一机智的处理方式，留给读者以具有真实、善良、美好的想象——艺术中应有的"留白"在这里再次发挥了潜能。

短篇小说当然有多种多样的写法。高剑在这部小说集中的叙事方式，大多采取"第一人称"——"我"的视点、视角在展开。《沙盘》中的"我"和迈克，《猎鹿》中的"我"和凯尔，《城堡》中的"我"和萧明，《单身宿舍》中的"我"和王城，《寻人启事》中的"我"和被撞到的年轻人……一个个传奇都从"我"的眼中流转，一个个真与美的人性都在"我"的笔端活跃起来。这种"第一人称"的叙事方式，或可称作凸显主体性的小说策略，在短篇小说中更能显示其优长：其一，增加了作者对于生活和描写对象的亲近感、新鲜感；其二，增添了作者和人物的亲和力与理解力；其三，有利于增添叙事主体的审美想象力和判断力。应当说，"第一人称"中的"我"不一定是实际生活中的"我"，但它一旦进入小说领域，一旦实际生活被打碎又重组，可以成为艺术的，也更真实的"我"之所思所想的源流。这种叙事方式，要比纯客观的、就事论事的讲讲故事更胜一筹。道理很简单，"我"一旦打通虚构与非虚构，打通历史与现实，打通个体经验与普遍经验，小说将爆发更多的诗性的光辉，也给读者更多温良的力量。

从《闻斑石的烦恼》小说集中反映的生活来看，高剑显然还有不少故事没有讲完。腹有世态，胸纳炎凉，笔见风神，说不定哪一天又会蹦出一部新作，内含文化的余绪，智性的外溢，哲思的物化。那么，就预祝他诗酒趁年华，有更多的好作品问世吧。

是为序。

2024年暮春于上海

沙 盘

有几年夏天,我是在北美一个叫诺斯的小镇上度过的。我租的房子是一个临街的公寓。我住在二楼,迈克住在我上面一层。按说,我是不太可能和迈克交上朋友的。他是一个瞎子。起初,我并不习惯和一个看不见自己的人交谈。有时我见他从楼上下来,手持一根细长的拐杖,我便停下来,站在楼梯狭窄的拐弯处。这时,他也停下脚步,挺起身子,示意我走在他的前面。他穿着整洁,眼睛虽然看不见,却似乎明亮如常……他出了公寓,手上的那根拐杖就像一根触角,引领他往前走——前面就是中心街,他总会在街口停下来,站在路肩上,一步不差。他把拎在手上的一个垃圾袋,丢进旁边的垃圾桶,然后过马路。每当这时他都会偏右些,避开左边一个排水的铁盖子,就像他看见了那个盖子似的。

我和迈克有了交往,是去年的事。那天有人敲门,我打开门多少有些意外。迈克穿着一套刚做完礼拜的半旧西装,仰着脑袋,手里提着一个帆布的有皮质提手的大夹子,站在门口。我请他进来,坐在我房间靠窗的一个旧沙发上。他用拐杖抚摸似的滑过沙发的边缘,然后坐了下来。

"如果我没有搞错,您是位画家。"他说话时,脸上显现着友善的微笑,窗外吹入的微风,轻轻撩起他额前的金发。

"我在整理一些写生稿,想再画几幅,够一次画展的。"

"上周三,您就开始动笔了吧?"

"您知道我在房间里画画?"

"是油彩的味道……"

"——哦,松节油真是难闻。"

"不!我喜欢这种味道。我正是为这个来的。作为邻居,我还是该自我介绍一下,我叫迈克。我也给您带来了我画的画。"

"您画画?"

"怎么说呢,"迈克低声说道,"这曾是我唯一的嗜好。但您知道,后来我失明了,可以说,是画画方便了我今天的生活。您要听,说来话长,提起这件事还得从童年说起。那时我和您一样,也有一双能观赏这世界的眼睛,我对光线和色彩的敏感,使我对绘画的入迷超出了世间的一切。这些画就是那个时候画的。许多年了,我一直想请一个人看看;我想听人说说,这些画究竟画得怎样。——它们是否如我记忆中的那样,我已经不是太清楚了。"

这时,他摸索着用手拉开了画夹子上的拉链,把厚厚一沓子画展现在我的面前。"这只是一部分。"他接着说,"至少有三十年了,要是眼睛能看见,我的一生该是用来画画的呀!"

我赶紧把画平放在旁边一张矮桌上,十分小心地打开了这些作品。有水彩画、速写,还有大量的钢笔淡彩。而且,画的大多是这个小镇。有些场景从不同角度画了好几张:比如楼下的这条主街;我熟悉的早餐店、杂货店,还有街角那个带敞篷的卖蔬菜和副食品的铺子。我正欣赏的一幅,画的是对面后街丘陵上那座白色的教堂。它的前面是一块绿茵茵的草坪,那里有一条像是订书机打上去的通向教堂的阶梯小路。在教堂的后面——那些高大橡树林的北侧,有一些废弃的土木结构的房子,据说那是印第安人留下的。

"我出生在这个镇上。"迈克说,"父母在世的时候,我们算是个富有的家庭。我的父亲是牧师,母亲却喜爱绘画。过去她在镇上还小有名气。我一生没去过其他地方——没坐过飞机,也没坐过轮船。我只记得小时候,大人开车带我去过南部一个不太有名的海滨浴场,那算是我记忆中去过最远的地方。"

"噢,这都是您画的呀?——对不起,我的意思是……"

"是呀。您看到了什么?"他揉动着拐杖的扶手,做出倾听的姿势。

"您真是一位富有艺术天赋的人啊。"我赞赏地说道,"画得好极了!"

"多谢您的夸奖。"他点点头,把身子重新靠回沙发上,"可我知道,您看到的,不过是些儿童画而已。那时我不满十四岁,从九岁那年我的视力就出了问题。我得了一种怪病，眼前如同蒙上了一层薄薄的面纱。在我逐渐失明的那段日子，找过许多医生；许多人都在为我祷告，他们认为祷告的力量是无限的，可最终这个世界还是从我的眼前消失了。我的父母比我更加失望和痛苦。后来，他们都相继过世。留下的遗产，就是对面的那座教堂。之后的日子，我靠出租这座教堂来生活。可父亲死后，这里就没有牧师了。做礼拜要到外地去请牧师，请不到牧师，教堂也就没用了，几乎长期关闭着。只有当镇上有什么人要结婚，才会被打开来用上一次。"

"可我很想知道，您怎么要画画呢？"我好奇地问。

"只有绘画能让我感受着这个世界。"迈克说，"当我知道我的眼睛将要失明，就有了用画笔去描绘周围的愿望。我要记下眼前的一切。我希望凭借着绘画给我留下的记忆来生活。所以，从那时起，我就把全部的时间都用在画画和写生上了。我相信，用画笔描绘来加深对物体和空间的记忆是最有效的办法。当一切熟悉的事物从我的眼前消失，这种描绘所产生的记忆早已绘成了一张清晰的地图，它就像是一个展现在我心中的沙盘。这个精致而美妙的沙盘，不仅标出了诺斯镇的每一条街道，每一处建筑物，还标出了它们的颜色和使用的材料。我只要展开心中的这个沙盘，便能按照那上面清晰的脉络穿行其中，并能顺利到达任何一个角落。在这个沙盘上，即便是一盏路灯，一个邮箱，或微不足道的台阶，都清楚可见。可以说，就连那些我常去推动的每一扇门上的扶手，我都熟悉得很啊！

如果它们松动了，或者被更换了，就像是我身上的衣服少了一枚纽扣，别想瞒过我。这一切，正是由于我坚持了画画和不断写生的结果。当然喽，这种坚持与其说是我对艺术的热爱，不如说是我在失明之前的最后时间里抓住了机会——用我的画笔把这整个小镇，一点点地背记在心了。"

"真是难以想象！"我惊讶地说，"用记忆来记这些，这该是怎样的记忆呀？"

我一张张地翻阅着这些作品。但我发现，这些画的风格也在慢慢地改变。就整体而言，虽然迈克的绘画技巧在逐渐熟练，但越往后面似乎越有些凌乱。画面上也少了先前的那种从容与宁静。而且，显然也不太重视色彩了，甚至也没有了最基本的构图。我直率地提出了我的疑惑："这是为什么呢？"

"怎么说呢？您也看出来了。后来，我的视力一天不如一天。但这并不是影响画面的原因。那种凌乱的状态，正是因为我对记忆的苛求，已经超越了对绘画本身吧。虽然我逐渐看不见了，眼前的景象却更令我流连忘返，那种内心的激情——一个少年人的激情，我想您也是有过的。这也是为什么，我画画的时候总是热泪盈眶。可我没有时间欣赏这个世界了。一切色彩的和取悦于视觉的美景对我都将失去意义。我所关心的已不再是画面，而是物体与物体之间的距离，是这个世界在我心目中的位置！我画画的目的仅仅是为了加深我对这每一寸土地的记忆！这就是为什么，我的绘画——我对艺术的追求，最终变成一种实用和不同凡响的测量活动了。"

说到这里，迈克遗憾地摇摇头。房间里显得格外宁静。持续了少说有一分钟吧，他才接着往下说："那些日子，我带着画具，每天都在街上转来转去，透过眼前的那层常常带有泪水的面纱，去描绘着眼前的一切。我担心遗漏了什么——没画到的地方。这对我将是不可挽回的呀！所以，即便是一处台阶，或是一个下水管道的盖子，我都细心地观察和留意着。我默默地在与它们——这些熟悉的物体，做着最后的告别！当然，这也是别人不知道的——在我尚未失明，在我眼前尚有光亮的时候，我已经不再用眼睛走路了。而且，更早些的时候，我走在街上，常常模拟着闭上了眼睛——结果，奇妙的事情发生了——我发现毫无问题！我的拐杖只要碰到地面，或触到了某处路沿什么的，我就知道要去的那个地方该怎么走了。所以，我是不需要导盲犬的，它不可能比我更熟知这里的一切。我总在想，如果周围的环境不再改变，一切都能保持它原来的样子，拐杖也是可有可无的呀！"

"是呀，是呀！"我不知该怎样说几句，思想已经游离到了别处，因为这时，我也闭上了眼睛，试想着一个心中的沙盘。当我把头重新转向眼前的画面，发现每张画上都用淡淡的铅笔，注明了画的日期、地点，甚至是方位，以及天气什么的。

"温蒂是谁？"我问。

"温蒂是我的母亲！您怎么会问到她呢？"

"这张画上有她的名字。这里写着：迈克画，温蒂上色。"

"噢——是吗？您看我都忘了，画的是什么？"

"是教堂！就是远处的那座教堂。一九七三年七月十三日画的。天气晴朗。"

这时，他急切地伸过手来，有些颤抖地接过这幅画，轻轻抚摸着画面，倾听似的将画靠近了面颊，同时抬起头来，向上大睁着眼睛，兴奋地仿佛看见了什么似的："啊，我的母亲——想起来了！那天，是在教堂前面的草地上……那里的光线永远都是最好的呀……她在世的时候，常常鼓励我，陪我出去写生。但这幅画是我和母亲唯一的合作。"

迈克沉默了一下，又接着说："父亲在世的时候，希望我长大成为牧师。可一个什么都看不见的人，只能过最简单的生活。我的脑子里，也多是些带有阳光的记忆。每天，只要我醒来，我心中的那个沙盘就展现在眼前，一想到了哪儿，那里就变得具体而清晰了。比如要去教堂，我脑子里马上就出现那几个台阶，而上到最后一阶，往前走几步，我的拐杖就能触到教堂的门槛了。在前厅的左边是放《圣经》的架子，这个架子一共有五层，每层放二十一本《圣经》。《圣诗》薄一些，能放三十本。右侧有一条长凳……当然，不仅是这些，可以说整个诺斯镇，它的每一处细节都在我的脑子里，除非有什么地方被改变了，不然，我是不会弄错什么的；在我的生活中，每一件物品都有固定的位置，我使用完的东西，都会再摆放到原来的位置上去。没有一样多余的东西,再好的东西,没有用的我都不要。我从不保存或接受那些带有象征性意义的礼物。要想轻松地生活,最重要的一点,就是要简单。"

讲到这里,迈克停下来,眼睛里映着窗外的夕阳。此刻,我敢说,这双眼睛比一双完好的眼睛更加传神,似乎带出了一种能透视一切的能力。

"当然,我要补充一句,"他接着说,"在我的房间里,有一对很小的玻璃瓶子,是没有用的。它们就摆在床头的边上——现在早都不生产这种瓶子了。绿色的。我还记得这种叫'绿'的颜色,它是由蓝色和黄色调和而成的。奇妙的是,把这种颜色和红色放在一起就会更加好看。可现在呢,我也只能记着这些颜色的名字,而无法感受到它们的状态了。因为,那些斑斓的色彩,早都随着光线的消失而消失。在我的脑海里,唯有这两只瓶子的颜色始终存在,不知为什么,或许是可以用草地的颜色来比喻它们吧。有关它们,还有段小故事——它们就是在那个印第安人的遗址找到的。当年那里有一条小路,在它的入口,有一块腐蚀斑驳的牌子,上面写着:'印第安人的故居'。我和镇上的孩子,常常跑到那里去玩。我们穿过一片橡树林子——还有琳达。她是我的邻居,她比我小两岁。我还记得她小时候的样子:巧克力般的肤色,眼睛亮亮的,爱穿一条有方格的裙子,是有肩带的那种……那时,我的眼睛什么都看得见。阳光下我们自由得简直就像小天使。放学后我们就跑到那里去,玩一些自编自导的游戏。大人从来不会出现在那里。那里总是静静的，一点声音也没有，在湛蓝的天空下，有时就连流淌着的格林布莱尔河的水声都听不见了，仿佛与世隔绝。我们忘记了时间，每次都玩到很晚，直到那些橡树冰凉的阴影在河面上蔓延开来，才想到回家。记得，最使我痴迷而不想离去的，要数那些神秘的喂养牲口的马厩了。那些早已失去了屋顶的马厩，裸露着枯朽的房脊，被鸟粪染成了白色。黄昏的斜阳使它们像一根根巨大的残骸，支撑在那里，许多蝇子趴在上面晒太阳，空气里微微地散发着干草和畜粪久远的味道……有一次，我们在那里捉迷藏，还打碎了一盏老油灯。这两个瓶子正是在一个马槽里发现的。其中，小一点的像是装药的，大的一个应该是装酒的。琳达吵着跟我要，而我不给她。结果，把她惹哭了，我也没有哄她……"

讲到这里，迈克语速放慢了，说说停停，凝滞的神情似乎把我带到了远方。

"后来琳达家搬走了——搬到南部去了。"他接着说道，"许多年后，她曾经来看过我，她说是路过这里，可我知道，她是专门来的。她没有理由再路过这个小地方啊！那次见面，我只是能听到一个成熟女人的声音，我已经看不见她了。从那之后，我再也没听到过她的消息。有时，我还会在记忆的引导下穿过那片橡树林走到那边去，但我再也没有找到当年的那条小路，或许它早已被荒草覆盖。就这样，我留着这两个瓶子，放在我的床头边上。我一直都留着它们。因为，我一触摸到这对儿瓶子，就会想起一些什么——这时，我就像是能看见了什么。"

我和迈克这天谈到很晚。那天晚上，迈克向我展示了一个盲人的世界。从此，我们也就不再陌生，彼此相处得很不错。早晨他出门，我甚至会请他帮个忙，给我带一份当地的报纸回来。有时听到他上楼的声音，我还在洗手间里刮胡子。

"高先生，报纸放在桌子上了。"他说。

"好嘞，谢谢您，迈克。"我匆匆地应一声，看看表，刚好是八点一刻。

有时，迈克也会和我谈些我并没有兴趣的话题。说他最近去了什么地方，发现那里改变了什么——说原来那里是怎样的，现在又是怎样的；某一条小路加宽了，重新铺了铺；某个店面装修了，把木地板拆掉，换了一种新的石材。我知道他有个习惯，没事常会去街上走走，似乎毫无目的。但如果他发现有什么地方和以前不一样了，不免会唠叨几句。

"您听说这里要修公路了吗？"他不安地说。

"听说了，您也听说了？"

"嗯，您觉得有必要吗？"

"这还用说。这条公路开通了，那可是太好了！去外地将更加便利。况且，这里很多东西，像是玉米、黄豆什么的，也总得往外运。

要想发展起来,交通是必然的。不然,再过一百年这里还是老样子。"

"可这附近的公路还少吗？公路只会破坏这里的安宁。"

"不管怎么说,全世界都在修公路。"

"全世界——可我想说,您在纽约办画展,为什么住在这里呢？"他摇摇头,有些不服气地说。

"因为,因为这里很安静吧——当然,这里的地税低,生活成本低。这里的地税也只有纽约的十分之一呀！"

"但这样下去,一切都将被改变,您不觉得吗？"

这时已经很晚了,迈克仍然没有睡意。讲到了全球经济一体化,没想到他还是一位反对者。他说他赞赏传统的古典贸易。他认为,经济过度发展,将是毁灭性的。而我与迈克的观点却恰恰相反。虽然,我并不是很关心这类事,我们却几乎辩论了起来。

大约在我的画展开幕的前两周,时节已入秋,我为这次画展准备的作品总算匆匆完成。随后,我便把这些作品交给运输公司运到纽约去了。完成了一件事,心情感到轻松了许多。只是这些天,挖掘机的声音一大早就开始了,在远处隆隆作响。教堂前,坡地下的草坪被挖出了一道长沟,据说是要铺设一条地下电缆。施工的进度很快,有一周的时间,那个坑就开始掩埋了。但不知什么原因,这两天又运送来一些管道和阀门,有一处又被挖开来。施工的声音,使我不得不改变一下作息时间,我一早就起来,准备着去纽约的事。

就在我要离开诺斯镇，去纽约参加画展开幕式的前一天晚上，迈克又到我这儿来了——他看着很兴奋，说镇上请到牧师了。也就是说，从这个周日起大家可以去教堂了。他希望我周日能去做一次礼拜，建议我周一早晨再走。我高兴地答应了。这样，从周六开始，迈克就在教堂里忙活着，为明天的礼拜日，他请义工们打开了所有的门窗，让新鲜空气穿过阴凉的教堂。他们清除了桌椅和《圣经》上的尘埃。

早晨，我随着镇上的会友们走进了教堂。迈克一改往日的装束，他穿了一套崭新的麻灰色的西装，雪白的衬衣上系着一条绛红色的领带，下面是一双带接头的黑皮鞋。以至，我还没走近他，就闻到了香水、樟脑，还有鞋油的味道。

不过，做完礼拜我并没有和大家一起用餐。我回到屋里，整理着第二天去纽约要带的东西。迈克一直忙到下午五点多才从教堂回来。到了天黑的时候，有人告诉迈克，说教堂的灯没有关上，他让我帮他看看。我从窗户看到远处教堂二楼主日学房间的灯确实是亮着的。我说去帮他关，他坚持要自己去。迈克下楼不久，我见教堂的灯就灭了，可过了很久迈克都没有回来。我在屋里边收拾行李边注意着楼道里的声音。过了一阵子，我有点不放心，这么晚了，迈克是不会再去什么地方的。虽然我知道，对于迈克，黑夜和白天都是同样的，我的担心，无非是自己对黑暗的惧怕吧。即便这样，我还是披了件上衣，匆匆往教堂那边走去。天很黑，我就像一个瞎子，几乎什么都看不见。当我快走到坡地,准备绕过土坑时,突然听到下面有个声音。我凑近前去,借着远处路灯微弱的光亮,发现坑道里有一个人。

"迈克——是你吗?"我在上面喊道。

"哎哟……我被卡住了。"下面传来了迈克痛苦的呻吟。

我趴在坑边上往下看,昏暗中,我看见迈克躺在那里。他的脚大概是卡在了管道之间的缝隙里。我赶紧打电话,叫了救护车。

"迈克,他们很快就来,您感觉怎样?听见我说话了吗?"

"我糊涂——我忘了,我的感觉不如从前……"

"不能再走这里了,迈克。"

"……哦,谢谢您。多亏您来了。"

"您没问题吧?"

"嗯……嗯……"

"迈克——您怎样?"

"嗯。"

"再坚持一会儿,听见我说话了吗?迈克,听见了吗?——他们来了!"

警车远远地从教堂后面的斜坡上开过来了,接着是救护车,警灯闪动着,停在了土坑前面。警车上的探照灯把大坑的周围照得很亮。警察和救护人员带着急救药箱走过来,有个人拿着手电筒下去了。随后,又下去一个人。但下去的人,一直在和上面的人讨论施救的办法。我和几个过路的人，站在一根隔离线后面，见他们还在打电话……

"什么人在下面？"有人问。

"一个瞎子。"有人回答。

过了一刻钟，又开过来一辆工程车，从上面拿来一根撬杠什么的。不一会儿，迈克被抬出来了。他的样子看着很不好，额角像是受了伤，但没有流血，脚上少了一只鞋……迈克被放在一个担架上，抬上了那辆救护车。随着闪烁的警灯，车摇晃着开走了。

我深一脚浅一脚地回到了家里，感到很疲惫。我洗了个热水澡，才睡了。第二天，天不亮我就起来，赶上了早晨的第一趟班车，去了纽约。

离开了诺斯镇，那些日子我一直都惦记着迈克，也不知他伤得怎样？是否安好无恙地回到了家中？教堂前面，草坪上的那个施工的大坑填埋了没有？我甚至想象着一条沥青公路，已经通过了教堂前面那片绿色的草坪——穿过了那个童话般的精致而宁静的小镇……

意外的是，等我回到了诺斯镇，我却再没见到过迈克。有关迈克，我得到的是不幸的消息。或许，正是由于我对迈克的了解，他的死，令我感到伤感和遗憾！当人们把这看作一个盲人，由于不小心酿成的意外事故时，唯我深知，诺斯镇的过去，在迈克的心中，始终有一个不为人知的从未改变的沙盘!

那沙盘被打破了。

我在这个小镇上又住了一段日子,就搬到另一个地方生活去了。可每当我想起迈克,想起那个遥远的小镇,心中便呈现出一个精致的沙盘——一个小镇的全貌出现了！它保留着我心中的布局。在那些清晰的脉络里,我所熟悉的街道、商店和那条像订书机打上去的阶梯小路,以及对面的那座白色的教堂,都呈现在眼前——迈克,正行在其中。

(原载《收获》2012年第4期)

猎　鹿

一眼望去，这座外表用加州红松装修的浅棕色餐馆，有着低矮的屋檐，白色木格的玻璃窗和向上倾斜的红色屋顶。它的背面，是白雪覆盖的山林。远处的阳光下，只有三三两两的汽车在公路上寂寞地流动着。

"到了。"凯尔睁开眼睛，从车座上直起身子，"这个出口就是。"

他睡了不足一刻钟，但对于一个会工作同时也善于休息的牙科医生，已经足够了。他夸张地睁着眼睛，望着窗外，望着那幢红顶的房子。

"布莱克一定在等我们了。"我说。

凯尔把视线从窗外收回来，看了看表，"三点了。开了两个多小时。"

我把车开出公路，停在餐馆门前的砂石停车场上，嗅到了一股烤肉的香味儿。布莱克是这家餐馆的老板，也是凯尔的同乡。据说，这家餐馆虽然远离闹市，生意却很兴隆。除了布莱克有一手高超的烹调技艺外，经营上也体现了一种新颖、独特的风格。从一帧简单的菜单里，人们还能见到一些野味的名称，尤其是这里烹调的鹿肉，绝非一般餐馆里能吃到的。

每逢周末，在这荒山野岭中，人们不知是从哪里来的。进堂那两扇木门，不断被顾客们推开又关上，刚一关上，又被推开，门铃发出柔和悦耳的声音，布莱克就像老朋友一样热情地招呼着每一个人。许多顾客已经习惯了固定的位子，这样他总是能在固定的时间里迎接着固定的客人，他们坐在固定的地方，吃着各自满意的食物。在布莱克先生眼里，这是十分有趣儿的事。

凯尔还说，布莱克是个猎鹿的老手，他的胃开过刀，有个漂亮的女儿什么的。不过，在没见到此人之前，凯尔的介绍并不会使我对他产生什么仰慕之情。

每次我去凯尔那间别致的牙诊所看牙时，没有病人，我们总会闲聊。除了牙的健康保护问题，也会谈起诸如狩猎钓鱼什么的。我们的对话有时是这样开始的："不知为什么，我见到鹿常常会忘了开枪，距离越近越会这样。"凯尔拿着端枪的架势，"我就这样对着——就这样，看着它们成群结队地离开。"

"你这哪是打猎。"我摇摇头，"不过这种动物实在漂亮。"

"有一次我见两只鹿在那里吃草，我端着枪却想起了我的照相机。"他说着自己笑起来，红扑扑的脸拧成了一团，就像北卡州出产的红皮土豆。

日久得知，凯尔的祖父就有狩猎的嗜好。我故乡的人们，就好捕善猎，今天我仍有等大人狩猎归来的记忆。那时做梦，都会梦到在戈壁上追猎一群黄羊，或是在胡杨林里寻踪一只狐狸。

餐馆里这时还没有什么客人。一位体胖的中年女人正在对门的柜台里算账。左边是两间相套的餐厅，右边有个酒吧，吧台前是一排包着牛皮的高木凳。

"嗨！凯尔，"随着门铃的响声，那位中年女人抬头看见了我们，"布莱克在等你们呢。"她说话的同时也向我这个陌生人点头示意。这该是布莱克先生的太太了。

"你们好！我的朋友。"布莱克这时也从厨房里迎了出来。

他说话有点鼻音，中等身材，是个看着很结实的中年人。他把油腻、潮湿的手握在了我的手上，同时说道："欢迎你！现在正是猎鹿的季节。"他说话时，那双闪动着热情的眼睛，在我和凯尔之间欢快地移动着。

布莱克把我们带进了左边的餐厅，在临窗的一处桌位上，我们进入了猎鹿的话题。布莱克属于健谈的人。"动物是神秘的，"他说，"有时你不得不承认，它们具有某种人类不具备的能力。所以没有把握的目标我是不打的。"他边说边举举手，叫招待员送来了柠檬茶。后来他告诉我们，周末餐馆很忙，不然也很想陪我们去山里猎鹿。他说完交给我们一把他家的房门钥匙，叫我们打完猎明天再走。

"尝尝我做的鹿肉吧。"

布莱克微笑着起身去了厨房。凯尔脱下大衣,去了洗手间。

室内暖烘烘的。在斜对面有一个石砌的壁炉,火势正旺,木头噼啪作响。壁炉上方有个鹿头的标本,鹿角向上展开,如同活鹿一般,欲从那暗墙下的火光中走来。四周的墙上挂着许多与主人生活有关的东西,从家族早期移民的黑白照片,到如今的彩色留影,分门别类地镶在镜框里。一些体现着往日生活的拙朴的用具,以及古老的猎枪、华美的皮革、雪橇等等,似乎所有与主人生活有关的东西,都用来装饰了餐馆几乎所有的墙面。这一切都体现了主人的趣味和满足。而马灯摇曳的光线,合着怀旧的音乐,似乎把人带进了美国早期的年代。

进堂对面的酒吧台前,不知何时来了些客人。一位看去二十岁左右、身材颀长的女孩儿正在为顾客调酒。她身着一件乡间式样的短袖连衣裙,十分娴雅大方。她微笑着——即便是表情平静时也总带有一种愉悦的神情——把酒、果汁,以及苏打水混合在一个透明的器皿里。吸顶灯集中的光束勾勒出她脖颈的曲线,使她修长的手臂白皙中泛着亮光,她长长的头发垂下来,当她轻轻将它们甩向身后时,便露出了脸蛋秀美的轮廓。她偶尔弯身时,发丝又像流沙般重新滑落。由于每次她头部都习惯地向右倾斜,头发总是滑落在我这一边。那重复的动作,似乎是有意为了一个重新将那长发甩向身后的姿态似的。不过那姿态十分优美，并无造作之感。她细长纤柔的手形，会使你想起那些不朽的艺术品。当她用一支银勺搅动着高脚杯中橙色的液体时，我看那几双食客的眼睛都到了聚精会神的程度。

"你在看什么？"我似乎是被凯尔唤醒，不知何时他已经从卫生间回来。

"噢，她是谁？"我问道。

"布莱克的女儿——埃米。"凯尔说着转身循着我的视线，然后转过来，"像只漂亮的小鹿，"他笑着说，"没有什么比青春更美好了。"

凯尔说着把漂着冰块的水送进嘴里，冰块发出碎裂声……小鹿？这个比喻倒很贴切。可我这种人，凡是美的事物，虽然不能视而不见，却总会极尽所能地去找出美中的不足。然而，眼前这位女孩，她的美貌一目了然。

女招待从托盘里拿出马铃薯泥，把色拉油拌的凉菜端到了桌子上。在这些用厚坯粗瓷的盘碟盛着的食物中，有一盘煎烤的鹿肉，这块鹿肉平摊在盘中一片绿菜叶上，上面浇着一种近乎神秘的红绿相间的调汁。据说，这些颜色像颜料一样饱和的调汁，都是以天然植物为原料加工而成的。名不虚传，鹿肉烹调得十分地道。

窗外的太阳已向西斜去，远处的高速公路上反射着白光。当我们要离开时，餐馆里已陆续来了不少客人。布莱克还在厨房忙乎着，酒吧台前那些牛皮凳上又多了几位客人。那个叫埃米的女孩儿更加忙碌了。她颀长的身影，直到我们走出门口才被一个男人的背影挡住了。

离开餐馆不久，我们就找到了布莱克家隐蔽在山林深处的宅子。我们把汽车停在院子里，便开始换羽绒服，整理枪弹。

"你看我穿得是不是太厚了点？"

他说着，正费力地拉着他的连身猎服胸前的拉链。

"太棒了！这样就冻不透了。"我看他鼓得像只熊。

"今天走运，也许我们会碰到麋鹿呢。"他在把一包黑火药倒入一支前膛枪的枪管里，"我祖父就是用这把老枪打到过一只八百多磅的麋鹿。可现在没人会鼓弄这种老枪了。"他一边说一边往枪管里放入铅弹，用一根铁条在枪筒里捣来捣去。他那顶橘红色的帽子歪向一边。

一切就绪了，我们顺着一条结冻的河床向山谷走去。山林里一片银白，柔软的雪地在脚下沙沙作响。走出山谷，太阳在山脊上留下的最后的余晖也已消失，前方这时出现了一块空地，封冻的河床，在空地上蜿蜒伸展到远处的林子里。我们选择了河左岸的山坡，这上面长了不少的松柏和高大的橡树，这儿能俯视到整个下面。为了预防凯尔的猎枪意外走火，我选择了一处左右有两棵粗大橡树的位置，下面是一块空地和那条冻结的河床。这时凯尔也在距我右边不远的地方停止了走动。

就这样，过了很久也没有动静，干枯的残叶在树干上发出瑟瑟的响声，时间也缓慢了下来。就这样，差不多过了半个时辰，可当我把一块口香糖放进嘴里时，就听到了一些异常细碎的声音掺杂在风里，这声音由我左边的橡树后方传来，我轻轻打开枪机，侧身靠着树干，慢慢把枪举起，对着声音渐近的方向。这时，在斜坡的上方出现了一只白尾鹿，月光下，它敏捷地在前面一个低洼处轻轻一跳，下了坡，不见了。过了不一会儿，又出来了第二只、第三只……我沉稳地瞄准了其中的一只——就在这当儿，突然从我靠着的橡树后面走出一只公鹿，我迅速把枪口转向它的头部，同时扣动了扳机。一声枪响，我定睛一看，却见这只鹿腾起身子蹿下了山坡。

"打中了吗？"林子里传来凯尔急切的喊声。

"这么近，怎么会没击中呢！"当我朝坡下望去时，那只鹿已经躺倒在那里。

"打中了——凯尔，打中了！"我兴奋的喊声回荡在山林里。我追下去，但不等我靠近，它又重新跳将起来，奔向河边，从河床上一跃而过。

"哪儿？鹿在哪儿？"凯尔提着枪从林子那边赶过来。

"血！看。"在鹿倒过的地方有些深红的血迹，我用脚拨开松软的雪，下面积了很大一片，"奇怪，它还会有这么大后劲？"我说，"快追！"

"没打中要害，追不上的。"凯尔摇摇头，手里攥着那顶橘红色的帽子。

没等凯尔说完，我就奔向河的对岸，在一块巨石下面，我发现那只鹿正斜卧在那里。黑暗中，我看不清它伤在哪里，只见这只巨大的公鹿，正吃力地侧仰起沉重的鹿角。我举起枪，正要扣动扳机，就在我迟疑的瞬间，它却又挣扎着一跃而起，溅起了细碎的雪花，我惊讶地见它升腾起来，飞跃般地消失在月下溢满银辉的林子里。它奔跑时，四肢收展形成了巨大的跨度，以至在百米之遥的雪地上仅留下了几处窝状的脚印。然而，它那轻盈优美的体态以及跃动的曲线，不可思议地久久浮现在我的脑海中。

我朝着鹿跑的方向赶去，在一片灌木林里我失去了目标。这里新旧蹄迹纵横交错，我转了半天，才在一棵树旁发现一些殷红的血迹。当我重新找到了鹿的去向，便沿着雪地上一些新鲜的踪迹慢慢寻去。

走了一阵，我听到不远处有树枝轻轻拨动的声音，鹿就在前面！它与我一直间隔着一段只需几秒钟就能到达的距离。我加快了脚步。但经过半个多小时的努力，我都没能将这段距离缩短。我的速度无论是加快或是放慢，都一样，都能听到树枝拨动的声音，就在不远处。

林子里明亮了起来。蜿蜒的公路在远处泛着银光，当我听到凯尔的喊声时，才发现我已走了很远，那声音显得十分微弱。我浑身都汗湿了，热气在月光里浮动着。这时，我发现帽子不在头上了。帽子呢？而且，袖口上有个大口子，里面的羽绒少了一多半，我居然不知道。我沮丧地看着两只不对称的胳膊，就像个残疾人。而且，鞋和裤腿都湿透了。裤腿又冻成了硬筒，摩擦出嘎啦嘎啦的声音。

我找不到继续追赶这只鹿的理由了。它大概一时还断不了气。我想，就让它安静地死去吧，虽然树枝拨动的声音仍然清晰可辨，我终于放弃了捕杀它的念头。

回到布莱克家时，布莱克一家还没有回来，我的心情也就平静了许多。我真不希望别人——特别是埃米，看到我这副狼狈的样子。

我进屋时，凯尔正在壁炉边上的一把舒适的靠椅上喝咖啡，面对着电视里的晚间新闻。他见我一进门就问："鹿呢？"他平伸出一只手，呵呵地笑着。我见他通红的鼻子还没完全缓过来。

"鹿在山上，拖不动。"我掩饰着心中的沮丧，边说边脱下羽绒衣，再把湿淋淋的鞋子，拿到壁炉边上去烤。

"真的吗？"他半天才问，"这么说你打中了？"

"是呀，确实打中了！"我心想，这只该死的鹿总该倒下了吧？

"好！"凯尔从沙发上直起身子，"明天早上我们去抬吧。"他有点兴奋。

"明天？嗯，是呀，我们总不该白来。"

我感到身上松弛下来。凯尔还问我鹿角能不能归他，我怎么会不答应呢？

临睡之前，我似乎还能听到树枝拨动的声音。后来我听到的是车库的电动门升起的声音，接着是布莱克一家从餐馆回来的声音，在他们喃喃的对话声里，我听出了布莱克的声音，他太太的声音，还有埃米的声音。

清晨，静静的山林里充满着倾斜的阳光。我和凯尔一大早就来到了昨天埋伏的地方，阳光下一切都清清楚楚，白色的雪地上狼藉着殷红的血迹。我们沿着血迹走过了河床，经过灌木林，来到了一个山坡下，这里的血迹渐渐地密集起来，鹿蹄迹的跨度也由长变短，接着是鹿卧过的一块被血染红的冰雪，间隔不远又是一处。

"你看那儿。"我望着天空，有两只鹰正在那里盘旋。

"呵！知道了。"凯尔会意地做了一个神秘的手势。

我沿着血迹的方向疾步朝山坡上走去，凯尔远远地跟在后面。

当我步上山坡时，眼前却见到了这样的情景：阳光下，在山脊的一块被血染红的雪地上，那只鹿正卧在那里。它仍然活着。有几只鹿在它的周围，其中有一只竟卧在它的旁边，而另一只正低下头来舔着它的脖子。那场面有点类似人类的行为，那是我们在医院的病房中常能见到的情景。这使我不胜好奇：这种吃草的动物难道也有着与人相似的情感？而我惊愕地注意到，那只公鹿的下颌已被猎枪的霰弹打掉，留着一个恐怖的残缺，在那残缺处，已凝结成一个血红的冰坨。原来是寒冷凝住了伤口，使它还活着。

这些鹿都转头望着我。它们的胴体在阳光下显得矫健而美丽，在它们温纯而驯良的神态中，凝滞着无奈而凄凉的目光，从这些永远都没有敌意的眼睛里，我看到了一种常被我们提倡和赞美的东西。

我这时真希望寒冷能永远凝固着它的伤口。我甚至想象着一个下颌的修复手术。手术后，这只鹿好好的，走进了山林。

这时，太阳已经升起，那只鹿受伤的下颌处拉起了细长的血丝在阳光下闪动。它几次努力才站立起来，当它蹒跚地向前走去时，另外几只鹿都伴随在它的前后。我望着它们慢慢地远去，直到太阳耀眼的光线令我目眩。

当凯尔从山下赶上来的时候，那群鹿已消失在逆光下的山影里。

"鹿在哪儿？"凯尔喘着粗气，赶上来问。

"鹿？"我慢慢抬起头来。

凯尔也抬头向天空望去：只见两只盘旋着的鹰慢慢变成了两个黑点。

我们回到布莱克家时，布莱克和他的太太已经去餐馆上班，留下埃米向我们取房门钥匙并向我们道别。这使我近距离目睹了这位清纯美丽的少女 —— 就像凑近了一朵清香四溢的玉兰花：明朗的眼睛，弯弯的睫毛，她的举止是那样落落大方。她赤着脚，在地毯上轻快地走动；她微笑着把热咖啡和一个盛着食物的篮子放在我们面前的橱桌上。真感到难为情啊！不仅是因为这次狩猎一无所获，此刻，我也想说点什么，在这女孩面前是不该什么都不说的。我头上都出汗了。

"看着鹿了吗？"她先说了。她微笑着，手里拿着两块切开的柠檬，散发着一股酸味儿。

"哦，鹿很多！不过……"我说。

"打猎总是这样，我父亲也常是空手而归的。"埃米爽快地笑了。她说，"下雪的时候比较好，鹿会从林子里走出来的。"

凯尔在收拾他的东西，我见他正把一个相机收进一个绿色的袋子里。

汽车开动时，埃米站在木凉台上向我们招手。她金色的头发飘动在冬日柔和的阳光里。她站在那里，真像一只立在风中的小鹿。

远处的积雪在阳光下闪动，车里暖烘烘的，凯尔在我旁边的座位上闭着眼睛，不知在想什么。当汽车驶过一个弧形的路段时，布莱克家的餐馆又出现在前方，白色的炊烟袅袅升起，红色的屋顶在汽车的后视镜中消失。

（原载2001年美国《汉新月刊》，并获该年汉新文学奖）

城　堡

夜里,我被电话的铃声惊醒,我摸起电话听到又是他的声音:"实在对不起,又把你吵醒了,"他小声说,"老高,我这是向你告别的。"他说着咳嗽了起来。

告别?半夜告什么别?我心想:间隔几千里,也没见过面,怎么叫告别呢?"萧明,啥意思啊?"我闭着眼睛说。

"高先生,"他稍停了一下,"这应该是我最后一次打电话给你。"他声音沉缓,从没听过萧明用这种一本正经的语调,叫我高先生。

我打开台灯,外面在下雨。

"对不起,"我缓和了口气,"什么事?"

"老高,你听着——我要死了。要离开这个世界了……"他语气平静地说。

"什么!你在医院?"我清醒过来。

"不,我得了艾滋病。"

"你在说什么?"我心想,怎么可能呢?

"真的，我染上了……"又是连续的咳嗽，他每咳一声都使我下意识地把脸闪开话筒。

"确诊了吗？"

"晚期的症状都有了，肺部感染、低烧、夜里关节痛得难以入眠。"他断断续续地说，"也许不该跟你说这些，其实也没什么好说的了……"

"你怎么想的呢？"

"时间不多了。医生的估计对不对，我都要走了，我不想在这里死去……"他沉默了一下，接着用平缓的语气说，"这件事，我没告诉任何人呢，即便是我在中国的母亲也不知道，但我想是该跟你说一声的……这些年来我们挺谈得来，虽说我们从没见过面，老高，也算是跟你道别吧。"他说着，话音也被低沉的涕泣声模糊了，在这潮湿的夜晚，这凄楚的声音显得很不真实。可我能说什么呢？对这样一个人——一个在几千英里之外，从没见过面，却通了五年电话的人。

"萧明，乐观些。想想办法。再说，现在医学很发达。"我努力想安慰他。

"这病是不能治的。"

"不一定，萧明！"

"老高，谢谢了，我已经想开了。"

"萧明，咱们该好好聊聊。这样吧，我下午再打电话给你，我会的。"

"不要了。老高,好了,你再睡会儿吧,祝你好运,就这样吧。"他挂了电话。

窗外的雨更大了,遮阳罩在雨里发出扑扑的响声,我躺着,睡不着了。满脑子竟都是萧明,萧明什么样?他在我脑中的样子,完全是这几年来,由他电话里那略带江浙口音的话音编织而成的。所以,说他有三十岁左右,戴着副眼镜(他说他总是离不开眼镜),不高不矮的个头,消瘦的脸和浪漫有神的眼睛,都是没什么道理好讲的,一打电话,他无非就是这副样子。只要我闭着眼睛把电话贴近耳旁,甚至毫不费力地便能看见他眼镜后面那随和且富有幻想的目光。真的,没见面也知道萧明什么样。不过萧明在我心中的样子,也随着时间在改变,就像此刻萧明的形象又被刚才的电话给模糊了,脑中仅剩下些凌乱的电话录音似的片段。一闭上眼睛,萧明就睁着ET般的眼睛绝望地看着我,并在那里——朦胧的飓雨中收缩着,就像一块迅速干瘪了的东西。

萧明的身世我知道得不多,只知道他是无锡人,来美国学音乐,为了学费,一直在一家餐馆里打工。萧明的工作是刷碗,配合他的是一台资格很老的洗碗机。程序是:在洗碗机工作之前,他要刷好第一遍。他说,这工作单调些,但也是许多工作里他唯一能胜任的。

我和萧明是五年前在一通电话里认识的,可我并没见过他。那段日子,因失业我成天呆在屋里,从没注意太阳是何时升起,何时又掉进城市的远方。有时我呆在沙发里,闭目寻思着艺术的灵感,但思路又常常随着鸣着警笛的警车在街道上打转。有时我躺在床上——这是孤独与寂寞中常使我感到慰藉的姿势——视线越过支于窗前的那个落满尘埃的画架,毫无目的地望着窗外,望着那片狭窄且呆板的天空。时而有飞机像鱼缸里的一条银鱼穿过那里,它们与附近一个叫拉瓜迪亚的机场有关。每间隔一会儿就会有一架出现,这使我很容易地养成了数数的习惯,一架又一架……我留意到每一架都能准确地从窗户右上角第二个窗格里钻出来,消失在左边相对的窗格里。有时我甚至还会估摸着间隔的时间,这样我无意中竟发现了一条对我毫无意义的航线。

　　有时,隔壁会传来狗的叫声,我从没弄清我的隔壁住着什么人。平时只有一条狗和一个说西班牙语的女人住在里面。也许和我一样无所事事。有时她跟这只叫黑露的牧羊犬唠唠叨叨地说个没完,她对黑露那种耐心劲儿,好像它全能听懂。不过,我也在听。但八成我是讨厌黑露的。它爱叫唤不说,我也不喜欢它那懒散的样子,总卧在后院树荫下,半睁着眼睛,警惕着周边的动静。

　　有一天,我在她与它的对话中睡得正香,却被一个陌生人的电话吵醒来。他说他叫萧明,是一个同学给了他我的电话。我至今也没弄清他说的是谁。他把我从半夜两点钟闹醒,竟然慢条斯理地向我推销一点东西——几件古董,问我有没有兴趣。我到美国这些年脾气变得好多了，遇到什么事至少能耐着性子听完。

"没兴趣。"我闭着眼睛，爱搭不理地说。

他不紧不慢地问了我几个问题，说如果能帮忙出手，钱可以平分。我问他是什么。他说是瓷器和玉器，玉器都是高古玉，至少是汉代以前的。我说可以考虑。他说对于古董，他刚入门。我说我也是一知半解，我问他想怎么做。他说可以马上看货。

"在哪里看呢？"我睁开了眼睛。

"加州。"

"加州？对不起，"我又闭上眼睛，"这是纽约。"

他说生意就是这样。我说我不能从东部飞到西部，看看东西，再回来找顾客。可先寄照片来，看看再说吧。

照片很快就寄来了。照得还不错。不过东西并不开门①。我告诉他这些东西不对。他说，没关系，这种事哪能一次就成。不料，照片又寄来了。其中有一件战国的玉璧倒是叫我眼前一亮：无论做工还是沁色都很好，但仔细审视还是件赝品。看得出，这件玉璧出自一个工匠之手。问题是，这双手也仅仅复制了一个外形——形似而神非。另外还有两件旧东西，没什么价值，真假也就不值一提了。

我抓起电话，想听听他的说法。他并没有多解释，倒是很有耐心。接着，照片又来了，还是不对。哪来这么多？他说有个从中国

---

① 开门：古玩行业术语，用来形容那些没有异议的、一看便知的真品。"不开门"则指是仿品。

来的人常带着东西敲他的门。我心想：在这尔虞我诈欺骗成风的社会里，谁能相信电话中一个不相识的人的鬼话？我猜他八成是赝品推销员。起先我对他十分戒备。后来却不是这样，我发现这个人挺有意思——说不上，不像是个蓄意卖假货的。他不畏徒劳的做事态度也消除了我对他的猜疑。生意成败大家也没在意，这样我们也会打打电话聊聊别的。电话多是他下班之后从西部打来，由于两边有四个小时的时差，通常正是他精力充沛而我萎靡不振的时间。我对萧明不合时宜的电话并没表示反感，有弊有利，何况，人每天总是要说说话的，不然语言能力就会下降。有人说话，至少比自言自语好。

萧明拉得一手不错的小提琴，我曾意外地欣赏过。那还是在电话里认识他不久，记得是个春节的晚上，我想找人聊聊，就拨通了萧明的电话，萧明说他正在练琴。

"过年还练琴？"

"我不太喜欢过年，特别是一个人。"他笑笑说，"遇到过年我就是拉琴。不过，过年了也是该喝一杯的。你呢？"

"哦，喝。不过一口酒我的脸就会红的——有机会听你拉琴呢。"

"不用以后，"他笑笑说，"要是不介意，现在就拉给你听。"

那天萧明的兴致很高，接着我在电话里便听到了《梁祝》这首曲子。虽然像瞎子听戏看不见,但那优美的琴声使我感动不已。我将电话压在耳朵上,闭着眼睛静静地听着。

完后,他不好意思地说:"很久没给人拉琴了,刷了几年碗,手指不太灵活了。"他说,"你是搞什么专业的?"

"我没专业。我是画画的。"

"出来几年了?"

"有八年了,你呢?"

"差不多,也快五年了。"

我问了他一连串的问题,也回答了他一连串的问题。他说他还有母亲和一个妹妹在中国。这样我和这个叫萧明的在电话上没见面就成了熟人。

每次打电话,总能听到他房间里放着好听的音乐,对我这个没受过什么音乐教育的人,那些美好奇妙的旋律仍能唤起我心中的冥想。

"这是什么曲子?"有时我会岔开话题问。

"呃,这是斯美塔那的作品。"我听到音乐声随即大了些。

"嗯。"

"我喜欢这首曲子,"萧明说,"这是描写伏尔塔瓦河的,叫《我的祖国》。与其他写河流的音乐不同的是,这首曲子体现了一条河的完整性。在它由源头一路流向大海的曲折过程中,常会使我想到人的一生。"

"可现在怎变成舞曲了呢？"我突然问道。

"哦，这一段是表现风光和两岸生活的……能感到，静静流动在月光下的河面银光闪闪，岸边，人们点着篝火，欢快地随着圆舞曲的节奏翩翩起舞。"

我专注地听着。

古老的伏尔塔瓦河——在它历经坎坷曲折，将要汇入大海的时刻，辽阔的海面呈现在前方。那音乐声让我似乎看到了开阔、平稳的河面流向大海的壮丽情景……有一阵子，我被音乐这种艺术震撼了，那真切的音质、现代高清晰度的电话通信效果，令我折服。

萧明是很有音乐修养的。在他影响之下，我也对音乐有了些肤浅的兴趣，我陆续买了一堆音乐光盘，听来听去，比较喜欢的还是被萧明诠释的那首音乐。有时在电话里还会听到两边同时放着这首曲子，不过一边往往还在源头，另一边已是入海的尾声。这时萧明总会很有眼色地说："让我把这边的关掉吧。"

时间一长，我不仅感到萧明在音乐上的才华，还发现他是个浪漫和富有幻想的人。他说以前他很想去探险，曾去过西藏和新疆的南部。还曾幻想过住在城堡里的感觉。他说有一天早晨，他驾车去上班，在一个十字路口等红绿灯时，突然想到了城堡。

"哎！我有钱，就去买下一个城堡……"他呵呵笑着，又带出几分认真地说，"我这个人不太喜欢都市生活。乱哄哄的。"

"好呀，那才是拉琴的好地方呢！"

闲聊嘛。我还说在城堡下面开一块葡萄园什么的。

我们久了什么都聊,只是从不聊女人。不知为什么,我曾试图引出这类话题,都被萧明有意无意地岔开了,岔到一些不切实际、毫无谈兴可言的话题上去了。

几年里,我在萧明的电话中,常听到两个背景音:一是来自他的房间里,那是恬静且充满音乐气氛的空间;另一个是来自餐馆制作间里的声音。他说厨房里有个电话,是装在厨房通向卫生间的走道上。他从餐馆打来的电话,常是利用上卫生间的机会。

有一天,我的女朋友十分意外地来了。她真是很久不来,她在一所大学里读研究生,研究的专题叫"宇宙中的爱"。她看着挺高兴。"很久不见,"她说,"今天可呆上一小时,再多二十五分钟。"我听着很兴奋,也挺紧张。当时,我们钻进被窝,正忙于做那件事情,不料,电话响了。这部红彤彤的电话总是说响就响。我知道不会是别人,又是这个萧明。因此,我们不得不暂停一下。

"喂?老高——我,萧明!我在班上……"电话里传来了萧明急火火的声音,与房间里那个慢条斯理的萧明相比,判若两人。也许是线路的问题。我的话他居然听不见。我的声音不能再大了,可他还在大声问:"听到了吗?喂!我在说话……"

"快说吧——听着呢。"我闭着眼睛,心中带着悔恨。这种时候,还接什么电话?为什么电话一响,我总是急着去接呢?

"见到照片了吗?"萧明问。

"照片?"

"呃,对了,看看信箱吧,人家在等回话——除了鼻烟壶,还有一件汉代的玉犀牛,听见了吗?"

那声音就像个快要沉入水里的人发出的,接着就该听到冒泡的声音。这与电话里同时传来的热油炝锅的声音,铁铲急促铲着锅底和敲打着锅边的锵锵声,还有一种我搞清不楚的、像搅拌东西的呱呱声,混合交响着,听着热闹得很!正在这时,电话里有一个女人的声音在喊:"萧明!碗!碗!——干什么呢!"

"下班再说吧!"萧明匆匆地小声说了一句,电话啪嗒就断了。

我似乎看见萧明有点紧张地扶扶眼镜,迅速消失在一个热气腾腾满是油烟的空间里。

我放下电话,我女朋友不知何时已穿好了她那件短袖的、飘满了花瓣的裙子。她看去并没有生气。她站在黑色木门和画架之间,那可爱的样子,使我想起了桌台上那堆成年散发着松节油味儿的颜料和那把被灵感弄脏了的画笔。以前我就说过要为她画张油画,我真有心看她永远停留在这种离别的状态中。那必是一幅非凡的作品!我无奈而深怀内疚地送她走了。我一直把她送进了地铁里,当她用一种无奈的微笑在地铁里和我告别时,我多么希望能向她表达出我内心的歉意与不安!特别是当她进了车厢,把她颀长的身体坐进两个大块头的美国人之间的时候,我感到自己无非是缺乏了把握幸福事物的能力。以至挤满了不同人种的车厢,就像工厂通往下一道程序的流水线,将她带走了,留下一面满是费解涂鸦的灰墙。

这天晚上,萧明在电话里又恢复了他慢条斯理的声音,跟我谈着那件玉犀牛和鼻烟壶的事。我本不想再接任何电话了,却因心头的不快又拿起了它,将心中之苦闷由那曲曲弯弯的电话线输向远方。

"喂!"

"对不起,等一下……好了,我找个打火机。"我拿起电话听萧明那边说。

"让我把灯打开——我也点根烟吧!"

萧明感到了我情绪低落,他问我怎么了。我虽然也没怎么,说一说,心情似乎也就好了许多。原来萧明烦心的事儿也不少,他讲几年前他也交过一个女朋友,后来俩人分了手,从那之后他便养成了爱打电话的习惯。

萧明原来计划着三年读完书就来纽约碰碰运气。他希望将来能进入一家著名的交响乐团,可学费需要相当一笔钱,这样他便把大量的时间搁进餐馆的厨房里了。他还盼望能尽早回国一趟,去看望年迈的母亲和妹妹——两位日夜在思念着他的人。

我们一边享受着烟草的味道,一边聊,一聊又没边了。

窗外很黑,有时也会从楼群之间露出美好的月光。

有一天,那部红彤彤的电话突然在天快亮的时候响了——公鸡初鸣,它响时天真的是亮了。

"老高,起来了吗?"萧明的声音。

"啊——起了。"我情绪欣然地拿起电话。

"我这边还是夜里嘞。"

"你怎么不休息呢?"

"我的觉总是很少。"

"——对了,玉犀牛拿到了吗? 我看这件有一眼①。"

"再等两天好了,总该有回话的。"他又说,"老高,一个梦叫我再也睡不着了。我在谱曲呢。"

"灵感来了不是?"

"是从梦中来的。我梦到了一座城堡,你能想象那种废弃在荒僻深山里的城堡吗? 它远远的——我是骑着马的,经过一片沼泽。奇怪,整个梦都是静静的,像步入一个空灵神奇的境地。后来我就醒了。"他的声音带着夜晚特有的神秘,与窗外正照在我脸上的这道金色的阳光很不协调,"我想把这个梦境谱成曲子,"他说,"名字叫'城堡'。"

"嗯,这名字真不错! 等你谱好了我要听。我问你,你去过兰开斯特镇吗? 我看你适合去那种地方住住。"我们的对话总是这么东拉西扯。

"兰开斯特镇?"他说,"听说过,据说那里的人仍像活在中世

---

① 有一眼:古玩行业术语,指东西不错,有一定的收藏和购买价值。

纪。他们点油灯，驾四轮马车，也不用电视、冰箱，拒绝现代人的一切生活方式。是吗？"

"我也是听说，这个地方就在宾州。距纽约这个现代大都市这么近，真是不可思议。"

"你别说，我还真觉得那种生活挺有意思的。"他感叹地说，"想想，人都挤在城市里有什么好。以后我一定要去看看那个地方，去寻找我心中的城堡。"

我虽然看不见萧明的脸，却看见了他说话时那种浮动着幻想的眼神，以至我也被他感染了，这毕竟比天文爱好者谈星星有谱一些。事隔不久，萧明在电话里语气认真地说，他已经在打听有关城堡的事了。几年结下的电话之谊，使我对萧明颇有迁就，这就是，他说什么我都会以认真的态度来应答。

其实，我对城堡的概念是模糊的，它对我最多是一种象征。然而，萧明告诉我，他专门去了图书馆，查了有关城堡的资料。"美国就有城堡！"他在电话里说，"比如，肯塔基州的马丁城堡，还有宾州的卢瑟福城堡。但与我们说的那种中世纪的城堡不同。这些只是用石头砌起的大房子。"

我听他边说边在地板上走动，电话线好像拖得很长，地板发出轻微的噔噔声，间隔数步均有一下停顿转身，仿佛电线一抽，他就会原地不动了。

我感到萧明有些变了,精神上不大寻常。这使我至少不能不与他没完没了地继续通电话了。事实上,我隔着几千里,曾在电话里对他留意观察。结论是:他和我一样,只是喜欢空想罢了,有什么不正常呢? 后来我倒发现,空想具有不可代替的排解压力让精神放松的效果。况且,我也常被他带进某种空想的体验中。

不久,萧明那首名为《城堡》的音乐写好了。为征求我的意见,他在电话里用小提琴试拉给我听。萧明对音乐的每一段都有着具体的构思,但无论他怎么解释,都不能使我领会这首《城堡》的精髓。以我耳朵力所及能感受到的,除了如我贫乏想象力中那种无际的荒凉之外 —— 单调、古怪、使人不大习惯的音律,甚至让我联想起餐馆厨房里的劳作场面。当然,作为一个外行,我无法对这首音乐做出评断。这备不住正是一首前卫音乐的杰作呢。

就在萧明这首以《城堡》命名的音乐写好不久,我收到了一个邮包,打开来看,竟然全是萧明收集的来自世界各地印刷精美的城堡图片。我将这些彩色的城堡,一张张地贴满了我的房间。虽然我的生活距这些东西就像天上的星星那样遥远,但奇怪的是,望着它们,我心里竟生出了一种朦胧的喜悦,好像生活真有了什么目的,就像那些抱着伟大理想生活的人。望着这些沧桑各异的城堡,仿佛有一天,那些古老的城门会为我突然发出开启的声响。

说来奇怪，我和萧明做的古董生意一件也没弄成。我揣着那些照片跑过不少拍卖行，也串了许多纽约的古董店。几乎没有一家对这些东西直言说对还是不对的。他们十分客气，很有礼貌地说一些古董市场近来不佳的话。

当然，也不能说萧明从来就没找到过真货，他也确实提供过几件差不多的东西。继那件汉代玉犀牛之后，还有唐代三彩马、宋代名瓷。但常常是只提供照片，看不到货。就像目的是为了聊天，做古董生意只是一种借口。一个鼻烟壶，萧明竟能讲出某个家族的几代历史。从一件小古玩讲到了中国战乱。除此之外，他还常会提到一些我根本记不住的青史永存的名字。我发现此人的历史底子很厚实，特别是明清史。还真有些小说的味道呢。

终于，他一说到古董，我也就心不在焉了。我甚至感到谈古董远不如谈谈城堡这类事有意思。有一回我实在是困得要命，黑着灯，抓着潮乎乎的电话似睡非睡地听他讲个没完。以至于我竟打起了呼噜，但立刻又被他的"你没事吧？"这句话给搞醒了。

"呃！听着呢，"我反应及时地说，"你说，你说呀。"

后来我虽然把萧明打来的电话逐渐当成了耳旁风，事后却感到有点内疚，这样我也会在没什么事的情况下打电话给他，将他半夜叫醒，聊以自慰。

有挺长一段时间，萧明很少再提古董还有城堡的事。电话甚至也很少，这使我几乎趁机恢复了几年来黑白颠倒的睡眠时差。我发现我晚上是完全可以好好睡觉的,我不再习惯夜里的电话声了。忘了从哪天开始萧明打电话的时间也改了,改为我的白天他的黑夜了。是该换个个儿了。除了这种改变,萧明的侃兴也大不如从前,有时甚至仅说说加州的天气情况。我也只好报一下纽约地区的天气情况。然而,他开始咳嗽起来,我建议他去医院检查一下,他说是抽烟太多,戒了烟就好了。但他咳嗽得很厉害,日渐加重,那声音听着空空的,就像石头滚进一个深邃的通道。我们的对话也常常因这声音而中断。我听到他虚弱的喘息声,就像在寒冷中烤火的感觉。

"你怎么了?"我问。

"我不是太好。"他说话缓慢。

"怎么,感冒了?"

"嗯,怕冷。不知怎么,夜里盗汗。"

"要尽早去医院,这样咳不是好现象。"

后来,我有些不放心,接连打了几天电话他都不在屋里。他说去了医院。

"怎么样?"我关切地问。

"嗯,肺部有些感染。"他说话无力,声音低沉。

"好好休息几天吧,你大概是太劳累了。"

他不说话,沉默着。寂静中只有流动的音乐——那首《我的祖国》——是开头,是从山涧、森林里发出的潺潺细流声。

窗外，雨已经停了，潮湿的空气里弥漫着一股酸味儿。在苏醒的城市上方呈现出透明的蓝顶。恍惚中想起，这还是今春纽约的第一场雨呢。当夜晚为曙光腾开它最后的阴影，也同时带走了萧明在我心中那沉重的影子，仿佛一切都不是真的。而在片刻投进室内的一束阳光里我又昏昏沉沉地闭上了眼睛，迷糊了一会儿。

醒来已是中午，我第一个动作就是给萧明挂电话。但电话里听到的却是一遍遍重复的电话销号的录音。我马上又给他工作的那家餐馆挂电话，又是那个粗哑但仍属女性的声音，她急躁地问我是他什么人。我说是朋友。但那声音却告诉我萧明一个多月前就辞职不干了。

"他现在在哪儿？"我问。

"去纽约了。"

"什么？"

"去纽约了！"那声音不大耐烦地连同电话一起断了。

从那天起，我便失去了萧明的任何消息。许多事是无法琢磨的。当然，我绝不认为萧明来了纽约，我不信有这种怪事。即便这样，那女人粗哑的声音仍在我耳朵里持续重复了一个春天。我却在想：萧明为什么没提前些日子，而是离开前的最后一刻才告诉我呢？大概每个人都有每个人的原因吧。无疑，萧明有着更多我所不知道的人生，电话里能了解一个人什么呢？每个人都是一个谜啊！

我在难过中度过了一段寂寞的日子。从那以后我又出现了夜里失眠的毛病,我醒着,但我早就琢磨着要换掉的那个红得让人有点不舒服的电话,却在那里静静地沉睡了,像个陈列品。而白天,我又重新注意到了那条飞机繁忙的航线,一架又一架,像鱼缸里的银鱼,从窗户右上面第二块窗格里出现,消失在左边相对的窗格里。

那位爱穿长皮靴的女人和她那只叫黑露的法兰西牧羊犬也不再是我的邻居。有一天黄昏,鸣着警笛的三辆警车停在了公寓的房前。闪动的警灯把街道晃得像个迪斯科舞厅,几个武装齐备的纽约警察,十分温和地将她带走了。她眼泪汪汪地望着眼泪汪汪的黑露被装进一个精制的笼子里,然后被一辆动物收养机构的汽车朝着与警车不同的方向拉走。事后我听说她不仅吸毒,也贩毒。但不知为什么,她却没向我推销过她的毒品。

我的女朋友没有再来,连个电话也没了。其实想想她是个不错的姑娘。时间这么久了,我偶尔还会想起她来,那常常是在看电视新闻,当屏幕上出现了纽约地铁镜头的时候。

所幸的是这种日子没能持续下去。不久我也找到了一份工作,那是在海边,在一个私立的游乐园大门口,我专门为顾客,在他们的脸上或手上画小巧的图案。我挺喜欢这个工作,每天都能接触到许许多多不同的人和他们的脸谱。我用鲜艳的油彩把漂亮的蝴蝶、蜘蛛、花草、鳄鱼等图案尽情地画在这些不同肤色的人的脸上、手上、胳膊上和个别人的腿上。完后便能听到二十五美分的硬币清脆地落进我身边一个小铁桶里的声音。那声音与我的生活息息相关。

有时，在生意清淡的日子里，我虽然还会想起萧明，但时间并不长，我发现没有什么不愉快的阴影能持久留存在夏日明媚的阳光里。

几年后，又是一个夏天，我来到中国一个沿海城市度假。那天我走进一家商场，里面生意不错，我见一处柜台前围着些顾客，就凑上前去观看。没想到货架上竟然摆着"城堡"——一种瓷制的工艺品。原来大家是被这种"城堡"所吸引。我见那"城堡"只有一尺多高，按透视的原理，这尺寸应该是站在一里之外看到的城堡大小，挺逼真，做工也不俗，灰色的石墙上攀布着老藤。

一位胖乎乎的年轻女推销员正在向顾客介绍产品。她手持电线上的手动开关，那"城堡"上的小窗户就一亮一暗的，十分好看。我呆立在那儿，有种说不出的感受。我想，既然是城堡就该拥有一个，何况这也是多年前我与萧明一段难忘的话题。想到这里，我马上挤进人群，急切地伸过手去，请服务员给我拿下一个。可我正准备付钱，却突然听到一个极像萧明的声音——就在附近。这时我注意到近旁有一男一女也在看"城堡"，等那个男人稍稍转过身来，我吃了一惊：他戴了副眼镜。而且，他的形象乃至说话的声音，无不具备了我想象中萧明的全部特征，使五年中萧明在我脑子里那种飘浮不定的样子立即被固定了下来。我半张着嘴，一时说不出话来，呆头呆脑地，也许是死死地盯着这个带着萧明那种江浙口音的男人。这终于引起了他们对我的注意，特别是女方。那个像萧明的人转过身来用手向上推了推眼镜的架子,同样像我看他那样认真地打量着我。那女人这时却拉着他的胳膊准备离开,她的动作就像在拉着两个要动手打架的男人,表情也十分紧张。我手里抱着那个"城堡"看着她拽着他出了人群。我见"萧明"老远还转头向我张望。虽然那个女人并没松开他的胳膊。

"你到底是买不买?喂!"推销员有点不耐烦地说。

"呃!买!买!"我转身赶紧交了钱,然后抱着那个"城堡"拼命挤出了人群。当我追出了大街,他们早已消失在滚滚人流中。

后来我想,那次我也许真的是见到了萧明。因为我总觉得,萧明还活着,但愿那个人就是他。

(原载《小说界》2000年第2期)

斯盖尔的老屋

第一次走进这幢房子时,里面已经空了,除了起居室里留下一把藤椅和几条旧窗帘,每个房间都搬得干干净净。这是一幢殖民式的老屋,有上下两层。据经纪人介绍,房主刚刚过世,房产由他的兄弟来继承。另外,也是巧合,这房主和我重名了。也就是说,我叫斯盖尔,这房主也叫斯盖尔。

不管怎么说,我们关心的还是房子的价格、地税什么的。那天,我们看完了每个房间,又来到楼下的起居室。蒂娜坐在那把藤椅里,顺便又问了几个实际的问题:

"附近有购物中心吗?"

"当然了,太太,"经纪人说,"超市距这儿两英里,附近有两家银行。"

"——寄信呢?对不起,我是说邮局。"我冷不丁地插一句,像我这种好写信的人,是免不了要往邮局跑的。

"邮局嘛,开车五分钟。"

我走近窗前，后院不远处是一个池塘，它的对岸是些未经开发的次生林。这时，有几只鸿雁在远处的池塘里戏水，不时发出嘈杂的叫声。

我们决定买下这幢房子。

房子成交那天我第一次见到了卖方。上午九点钟，在W镇上一间铺着灰地毯的律师楼里来了几个人：买卖双方、地产经纪人和一位体形微胖、脸刮得溜光的律师。律师坐在一张写字台前翻阅着文件；卖方坐在写字台对面的沙发里，这位沉默的老人据说就是斯盖尔的兄弟。他头发也已灰白，眉骨微微凸起，手里攥着一串钥匙，无精打采的目光正落在墙上一张印有牧场风光的挂历上。

经纪人拿出一份文件，她的手指急匆匆地在那张文件上移动着，当我小心翼翼地在她手指停留的地方签上我的名字时，这笔交易就算完成了。

我拿着那串钥匙准备离去时，那位老人从座位对面慢慢走来，他面带微笑地向我说道："祝你好运！"老人诚恳的语气和友善的目光，真让我感受到了一种对于明天的祝福。

早晨，我在依稀的鸟叫声中醒来。周围还堆放着没开封的家具，柔和的光线在陈旧的壁纸上缓缓移动。

我和蒂娜从一张临时的折叠床上起来。打开一楼的前门，我们开始了散步。外面的光线不错，吸引蒂娜的倒是房前的花圃：这里有郁金香、杜鹃、芍药，另外也种了凤仙花。房后有一片伸向池塘的绿地。我们呼吸着清新的空气，顺着微微倾斜的绿地往池塘走去。"你看，那是什么？"蒂娜好奇地指着不远处的几棵雪松，她拎起被露水打湿的裙子，踮着脚往前走，有几个引鸟窝，像猎人的小木屋悬挂在树杈上。低处有几个式样各异的饲鸟器。往前不远，有几棵果树，花儿刚谢了，可见青嫩的幼果。

不一会儿，我们就来到了池塘附近。这里有一条小木船，弃置在草丛里，油漆已经剥落，船底布满了青苔。远处，在雾气朦胧的水面上，有几十只鸿雁正安然地浮动在对岸树木大片的阴影里。那片林子正渐渐地在晨光中苏醒。

想想，这里要做的事情很多。花圃需要管理，草地需要修整，饲鸟器要按时去添食，果树也要施肥剪枝了。

吃完早餐，我们就把油漆和一大堆工具从车库里搬了进来。除了油漆，地毯上的狗毛也得处理。另外，壁炉里还残留着冬天的木头，还有地下室、车库、阁楼……我们怀着极大的热情开始整理这幢陈旧的老屋，因为没有比拥有房子更能使我们对生活感到满足的了。这样，我们不仅一天天地熟悉了这幢房子，甚至也熟悉了它原来的主人，与我同名的斯盖尔先生。

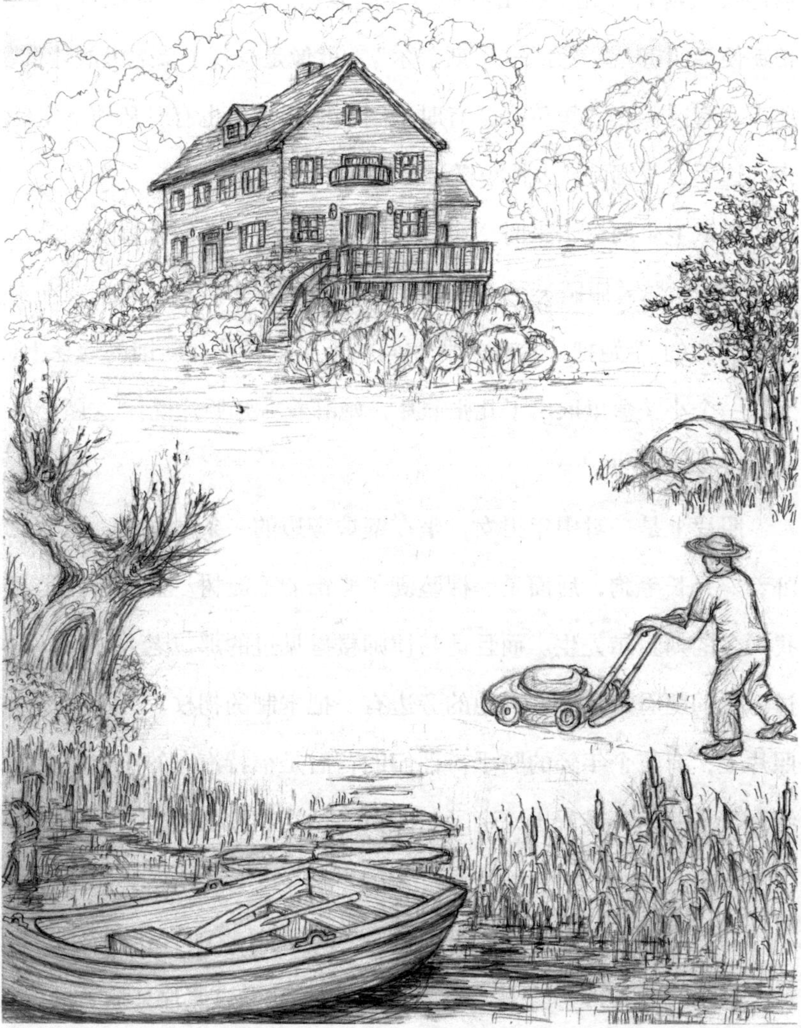

几周之后，这幢老屋有了很大的改观。不过，收拾东西时，偶然还会从犄角旮旯里找出些原房主的东西来。而只要发现点什么，蒂娜便会叫着"斯盖尔——斯盖尔"，就像是发现了墓地里的什么。那声音有时从车库里传来，有时从阁楼上传来，也有时从地下室传来。这不，蒂娜又在大惊小怪了。

我从卫生间里出来时，声音又没了。不一会儿，蒂娜从储藏室里探出头，眯着眼睛笑了。原来她发现了一些老邮票。"你看，在木架上找到的。"她把一本集邮册连同一个小纸箱放在新铺的地毯上，又从一个小铁盒里取出了几张照片，她盯着一张照片说："这屋子原来是这么布置的。"

照片上是一对中年男女，坐在壁炉旁边的一条沙发里。地毯上卧着一只长毛狗，后面是一棵坠满了彩饰的圣诞树。显然这就是与我同名的斯盖尔先生。而且他与律师楼里见过的那位老人很像。不过，他的腿看来不大好，他的旁边有一把木制的拐杖。另一张黑白照片上，有三个年轻的骑手。他们的背后是福特汽车的广告板，相纸发黄了，但不难看出，牵了一匹白马站在右边的年轻人，就是斯盖尔先生。

"原来他是一名骑手？"蒂娜说，"年轻时还挺帅的。"

"显然，他的腿疾与骑马这行当有关。"我拿过照片又瞅了瞅。

而在另外的照片上却只剩下了他一个人。蒂娜认为，他太太一定是先过世的。

如果想象着过去房主在这里的生活,我便能感受到一种陌生、独特的气息。就像在这夕阳的余晖里,眼前似乎呈现出了这样的情景:斯盖尔独自坐在那把藤椅里,从早晨到黄昏。那里不仅能看到窗外那块草坪,也能看到池塘远处的那条木船,以及对岸的那片常会传来布谷鸟叫声的林子。当他离开那把藤椅时,狗便从地毯上爬起来,抖抖身上的毛……他拄着那根木拐杖,当他走近对着后院的落地玻璃门时,他停了下来,望着门外,然后拉开门,顺着绿地一步步地向池塘走去,狗跟在他的后面,摇晃着尾巴……

正当我思绪飞扬时,蒂娜在看另一张照片:

"好神气!你看,这个人还有过这么风光的日子呢。"

这像是一张领奖的新闻照。斯盖尔举着奖杯和鲜花,兴高采烈地站在领奖台上,场面透着热烈的气氛。这些照片,使我们可以这样来想象原来的房主:他年轻时曾是一名骑手。在一次赛马中腿部受了伤,从此退出了马背生涯,晚年过着安然恬静的生活。

另外,盒子里还有一些书信。其中有两封是被邮局退回来的,信还封着。

"我真不希望咱们家里老出现别人的东西。"蒂娜瞥了我一眼,她随手把信放进那个盒子里,然后打开了集邮册。

怎么说斯盖尔遗留下来的东西也是越来越少了。后来见过的有:几把修剪果树用的剪刀、一台小气泵、一部打字机、一个渔具箱、一副滑雪板、三副铁马掌、九支烟斗锅,另外,还有几本驯马用的书，就这些。不过，等到房子里的新油漆味儿全部走净，又有了新的发现。

这是个阳光和煦的下午。我在池塘边上，正哼着歌儿用一桶蓝油漆刷着那条小木船，几只红蜻蜓在水边上飞来飞去。这时老远就听到蒂娜从二楼的窗口喊着我的这个斯盖尔的名字。当我匆匆赶回时，她慌里慌张地说，在阁楼的通风口处发现了一个马蜂窝。

这种马蜂有针头般的尾刺和虎背般的花纹。吃了午饭，我就拿着一瓶杀蜂药上了阁楼。这里光线不好，我通常不喜欢到这上面来，我认为这个等腰三角形的空间可有可无。蒂娜倒不这么认为，她觉得这是个堆放杂物的好地方。

马蜂窝不大。清理完马蜂窝我又检查了其他的地方，特别留意了一些容易被忽视的角落。不出所料，是有东西——在一处夹板里，摸着鼓鼓的。我心里惊喜：既然藏在这里，总该不是没用的东西。我从里面一连拽出了几个黑塑料包，借着微弱的光线，在一层浮灰下面的一个标签上，有一行一目了然的数字：一万五千元。我赶紧翻动着另一包：两万元。第三包……我的心怦怦地跳起来。而蒂娜正拿着一把剪刀对着我。你什么时候上来的？我们虽然兴奋，但还是依照顺序打开了其中一包。结果，散出一堆叫人眼花缭乱的小纸片……定睛一看，竟然是些作废的乐透彩彩票。

一场虚惊，改变了我们对斯盖尔的印象：他是怎样的一个人？保存这些废彩票做什么呢？莫非是能在中彩那一天，用来抵消个人所得税？看来他认定自己有中彩的运气，相信花掉的钱总有一天还会回来。当然，这是幢老屋，不能排除有其他房主留下了这些东西的可能。这么推测也不无道理，从我们拆掉的一个隔间的墙皮上考证，油漆就有很多层。这些油漆，不仅在质量上、材料和工艺上反映了产品随着时代在不断地进步，从颜色上也可看出不同房主对于不同色调的偏爱。应该说，这幢老屋曾有过许多主人。比如，爱尔兰人，或者英国或法国早期的移民。另外，还有几种人大概也拥有过这幢房子：印度人、犹太人，或是我们常能见到的意大利人。

买了房子，我每天要做的另一件事就是分拣邮件。虽然蒂娜也能做这件事，但我并不是什么都放得下的人，因为不少明明写着我名字的邮件，竟然有半数都不是我的，而是老房主斯盖尔的。一模一样的名字，很难分出是寄给谁的。其实，一个人去了，许多事并没结束。就像这些五花八门的邮件吧，它们还是源源不断地被塞进我的信箱。如何避免因开错信而侵害别人的隐私呢？这叫我颇费脑筋。为这事儿我还去了趟邮局，我想通知邮局，或者想个办法，不能随随便便地再把老房主斯盖尔的邮件塞到我家的信箱里了。

那天早晨，邮局刚开门，一位值班的姑娘就倾听了我的来由。但这位表情认真的姑娘不见得能理解我的意思。"对不起，请听我说吧——"我还没说完，她就进了里间，大概是去找经理。其实我当时略显严肃的态度无非是表达了解决问题的诚意。不过没等到和她说声再见,我就匆匆离去 —— 没办法,因为那正是该喂鸟的时间。

鸟儿刚喂完,邮车也就来了,接下来就是处理邮件。除了信件,广告一式两份。虽然广告不必苛求哪些是我的,哪些是他的,但为免差错,我还是采取了边分拣边默念的办法,听听我忙碌时的心声吧:

"斯盖尔他的,香水广告;斯盖尔我的,银行报告;斯盖尔他的,投资理财;斯盖尔我的。他的。我的……"

我念出声来:"活人收,死人收……"我不得不讲究点效率!

事实上有些信无所谓是谁的,而有的信,却永远是个谜。所以,凡是有我名字的信,我不得不仔细地看,用心地读 —— 像这封信,蒂娜念了起来:

亲爱的斯盖尔先生:

　　夏天正值旅游旺季,也是赛马的好季节。这是一年中最繁忙的日子,我们现在需要有马场工作经验的人 —— 一名称职的清洁员……

"——好了,看看这封吧。"我拆开另一封信,读了起来:

亲爱的斯盖尔先生:

你好吗？久无音讯，十分想念。很抱歉，与你失联这么久。这叫我不得不从去年冬天说起，由于我太太在感恩节前过世，那些日子我一直沉浸在悲痛之中。不久我搬进了老人公寓，而那次搬动，使我遗失了最重要的东西——你的电话和地址。你知道我这个人，其实，早知如此，我是哪里都可以不去的。庆幸的是，最近我意外地从一件冬天的大衣里找到了，可电话号码显然是不对了。

现在一切都过去了，日子也变得异常平静。每当我想起过去的时光，就不能不想起我们的友谊……

结尾的签名：杰瑞——你永生的朋友。

"不是你的！"蒂娜用胳膊肘碰碰我说。

从杰瑞的信中看，他和斯盖尔的交情深远。信里还说斯盖尔是世上唯一一位了解他的人了。

杰瑞？这使我想起了蒂娜发现的那两封被邮局退回来的信，收信人好像就叫杰瑞。我马上去了车库，在垃圾箱的废纸里又找回了那两封信。果然不错，收信人是叫杰瑞。这件事使我们有些闷闷不乐，特别是蒂娜，她是个有同情心的女人。而事隔不久，我又拆开了一封杰瑞的来信。但从信上看，杰瑞似乎已经预感到什么，字里行间都能感受到一位老人的孤独。我在想：或许此刻他正坐在老人公寓的窗台前等着一个老友的回音呢。

起先，我们想给这位老人写封信，告诉他斯盖尔已不在人世。可想一想还是没这样做，本质上我们也是报喜不报忧的人。

"哎——斯盖尔，"蒂娜灵机一动，"不能把斯盖尔这两封信寄给杰瑞吗？无疑这也是斯盖尔先生的遗愿呀。"

"对呀！——信呢？"

随后我们取来了那两封信。我们考虑了一下，就按邮戳上的时间顺序，寄了一封，留下了一封。

没过多久，杰瑞就回信了。信里有这样一段话：

我真高兴，终于收到了你的来信。从日期上看，这是你二月十三日写的。真抱歉，由于那时我已经搬离了旧居，使这封信走了如此之久。读了老朋友的来信，我感到莫大的欣慰，除了你，事实上也真再想不起还有谁能像你我这样遥相呼应了。现在我唯一担心的是你的健康情况，不知你手术后的化疗效果如何？盼望得知你近来的消息。请记住我的新电话号码吧，也请告知你的……

看了杰瑞的信，唯一能想到的就是剩下的另一封信，虽然信里的内容我们一无所知，但斯盖尔的这封信，显然不能给杰瑞一个合理的回音。考虑了一下，我把信套进了一个大一点的信袋里，并在一张雪白的纸上打了几行黑色的字：

杰瑞先生：

您好！两封斯盖尔先生的信本该一起寄给您。请您原谅，它们被退回来的时间已经很久了。

祝您健康愉快！

信是寄出去了，一段时间里，蒂娜自觉不自觉地还会去留意草地边上的那个白色的信箱——杰瑞没再来信。我们觉得这样就好，不然的话……可就在这件事快被忘记的时候，杰瑞又来信了。那是快到感恩节了，蒂娜拿着那封信，眼睛不住地在书桌上找拆信刀。信里的内容使我感到意外：

尊敬的斯盖尔先生：

您好！非常感谢由您转来的斯盖尔先生的两封书信。收到第二封信时，我已经明白了，这世上我最后的朋友斯盖尔已不在人世。然而，能得知他临终前的详情，我已感到欣慰。同时，我似乎能感受到，两次收到斯盖尔的来信所带给我的喜悦是出自您善良的用意。对我来说，这两封信十分珍贵；或许，在我这样一个老人的心中，至少没有比它们更重要的东西了吧。现在，我可以告诉在天国的老朋友、老战友：放心吧，信，收到了。

无疑,您是一位有心人。但我不能不冒昧地向您提一个问题:为什么您也叫斯盖尔呢——请原谅,因为我并不知道,也从未听说斯盖尔有过一个同名的朋友或亲人……

我马上给杰瑞回了一封信,告诉他我是叫斯盖尔,但我并不认识他的朋友斯盖尔,我仅仅是这幢老屋的新主人。我告诉他这两封信是在收拾房间时发现的。当然,我还请他原谅我,请他理解,为什么我有充足的理由看了他的每一封来信。

后来,杰瑞不但给我回了信,我们还通了电话。这样我无形中对老房主斯盖尔又有了更多的了解。原来,杰瑞和斯盖尔是两位参加过朝鲜战争的老兵。此外,我还了解到一点有关他们人生的细节。其中,也包括了斯盖尔腿部伤残的原因——一处战争留下的创伤,与骑马毫不相干。杰瑞说他过去也住在东部,老家在新泽西州,离W镇并不远。入伍之前他和斯盖尔就是好朋友,那时他们很年轻,喜欢一起滑雪和骑马,入伍后又在海军陆战队同一个班里。在一次电话中杰瑞说:

"战争是残酷的。那年冬天,许多人都没有回来,斯盖尔也差一点死去。那是朝鲜战争的第二年,斯盖尔负了重伤,他的胸部和腿部都被弹片击中,他的腿断了……"

杰瑞的记忆力很好。他对细节的叙述,并不像一个七十多岁的人。只是他在述说时常会停顿下来,浓缩的时光仿佛被一点点地舒

展开来。他说斯盖尔能活下来是个奇迹。他回忆着当时的情景,斯盖尔躺在担架上,大家抬着他通过一个山谷里的情景:

"没有人认为处在昏迷中的斯盖尔还能活着。大家只是不想撇下他,希望把这个年轻人从哪里来的再抬回到哪里去。"

我知道,对于一位老人,只要你有诚意,他就会把一生的经历讲给你听。

有关斯盖尔和杰瑞的故事,我了解的当然不止这些,但从这个偶然的小插曲中,我得到的仅仅是两位老人友谊的信息。事实上我与杰瑞的交往也很短暂,后来,我们在圣诞节互寄过圣诞卡。直到第二年春天,我收到了老人公寓的一封来信——一个简短的通知:

……杰瑞先生因心脏病于三月十二日晚间过世。

他们在杰瑞的私人遗物中只发现了一个人的通讯地址——斯盖尔的地址,也就是我的地址。

从那以后,老房主的邮件消失了。说来有些不可思议,我们的信箱里不再出现另一个人的邮件了,拆开的每封信都是我们自己的。这幢老房经过精心装修,也焕然一新。不过生活还是忙忙碌碌的,今天做完的事,第二天就得再做一遍。可无论多忙,每天我都会在清晨上班之前到池塘去。在这段时光里,我习惯带着鸟食——一个散发着谷类芬芳的袋子,走进青草和露水混合的空气里。那时,池塘上浮动着乳液般的晨雾，沉静之中，只有鸟儿婉转的叫声从林子的深处传来。我给那些饲鸟器里一个个添满鸟食，然后再顺着绿地往回走。这时，我总会在池塘的附近停留片刻，为的是从那个角度看看我们的房子：这幢有着棕色顶檐灰色山墙的老屋，此刻正端坐在橡木高大的树冠中，而玫瑰般的朝霞正在它陡峭的屋脊上流动着……过去的斯盖尔也常会在这里观看这幢古朴美好的老屋吗？从这个角度看，它显得很高，仿佛也很远。

我们在 W 镇一住就是许多年，日子就像池水一般平静。我们生养了几个孩子，幸福的生活感受不到时光的流逝。当孩子们在这里一个个长大成人各奔东西以后，房子又变得空空荡荡，以至于有些房间成年累月地关闭着。如果不小心偶然推开一间房门，就像打开了一扇唤起往事的闸门，那里有孩子们做过的手工、小布熊、玩旧的布娃娃、老相片和写满了祝福的圣诞卡。或许这也是我们从不轻易去打开这些房门的原因吧。

有一回，我和蒂娜聊起天来 —— 这不是常有的事。壁炉里燃着松香的木头，在木头轻微的爆裂声中，一些遥远的往事又回到眼前：蒂娜脑子里多是些与孩子们有关的记忆，而我却想起了这幢老屋它原来的主人。当我提到了与我同名的斯盖尔先生时，蒂娜却睁大了眼睛：

"是吗？"她低下头来，"让我想想吧……"她皱着眉头，十分吃力，像潜入了海的深处。

"我能记错吗？"我自言自语地说，"这把藤椅你总该记得吧？"

"这把藤椅，我可说不准是哪年买的了。"蒂娜温和地说，"难道还有什么说法吗？"

"你呀你，这不是斯盖尔——原来的房主留在这里的吗？怎么不记得了？"

人老了，记忆力不好也是我和蒂娜会出现些口角的原因吧。另外，体力方面，也比不了从前。有时从池塘回来，我会感到腰酸腿疼。但我仍然习惯坐在那把藤椅中，手里攥着那个盛鸟食的袋子，在渐渐升起的晨光中闭上眼睛，任鸟儿的叫声从窗外忽远忽近地传来……

"有个小房子也许会省点儿心。"有时蒂娜这样说。听到她说话，我才感到她在旁边。她总是在那里孜孜不倦地做着家事：把修剪下来的湿漉漉的鲜花晾成干花，或者用手折叠抚展着那些烘干的松软的衣服——在这千百次的重复中，一双美丽而清秀的手且成了昨日的回忆。

就这样，在这短暂的一生里，我们不仅拥有了这幢老屋，并在此度过了我们辛劳而平庸的一生。

那是多少年以后，W镇的居民越来越多了，地税却在不断增加。人们退休的选择往往是要卖掉房子，搬到赋税较低的地区。而那些守用了一生的家什物品，除了值钱些的可交给代理人销售处理，其他多由旧货清理公司无偿拉走。

有一天，我们终于想到了离开的事。虽然我们从没想过会离开这幢老屋，不过人到这一步，一切都很自然，即使老屋难舍，离去的心情也同样是迫切的。不久我们就准备着搬家的事了，我们把房子交给了一家新的房地产公司。

记得，有首歌儿流传甚广，歌词大意是：

> 房子卖了气候已经转凉
> 池塘对岸的林子也渐渐由绿变黄
> 告别老屋——
> 这久居的城乡
> 我们去往一个陌生的地方
> 那里人稀地广
> 我们将在那儿安度余下的时光

为了赶路，离开 W 镇是个清晨，路上车辆稀少。汽车缓缓开动时，蒂娜的眼里噙着泪水。当我们转身最后看看这幢在此度过了那些幸福时光的老屋时，远处已是深秋的景色：鸿雁从水面上一群群升起，这幢棕顶灰墙的老屋，正环抱在漫坡的红叶里——它慢慢地远去。它是我们一生最熟悉的空间，即便合上眼睛，它的每一个角落，一间一隔、一尺一寸都与我们合为一体……

（原载《延安文学》2006年第4期）

单身宿舍

看到那幢干打垒的房子，我才松了口气。这时天色已暗，戈壁的上空是一撇淡淡的月白，我背着一卷行囊，出了干沟就朝着那点儿亮光走去……

想想，这就是我第一次去牧场工作那天的情景。这是A农场最远的放羊点。所谓放羊点，不过是一幢干打垒的土房子——一个简陋的单身宿舍，外加两间堆放杂物的库房，当时王城就在这里。王城像是知道有人会来，他给我开门时，光着膀子，背着灯光。

"你来了？"他打量着我，操着西北口音。

他年龄和我相近，脸晒得黝黑，眉宇间有一处明显的疤痕。而且，头发长得也早该理了。不过，即使这样，他看着仍算得上是一位英俊少年。我递给他一封加盖着场部图章的介绍信。他接了信，凑近床头边上一盏明晃晃的油灯。

这间屋子很小，除了两张单人床没有其他摆设。进门有一堵冬季取暖的火墙，连着一个土坯炉子。两张床分别靠着里边的两个墙角,床头之间有一块木板钉起的台面,上面有一个圆形的小闹钟。靠外侧的床空着,有几块带节疤的床板,这张床便是留给我的。

那天晚上,我在一种陌生的气氛里躺在床上,我们以断断续续的对话拉近着彼此的距离。王城向我介绍了放羊的工作,他说,从去年秋天这里就缺了人手。王城大我两岁,两年前也是初中毕业后分到这里来的。我们一聊还挺投机,话题也从放羊说到了学生时代,直到王城进入了梦乡。

我却毫无睡意。这毕竟是离开校门走上工作岗位的第一天。此刻,我那颗年轻的、总抱有许多不切实际幻想的心,正在一种迷茫的状态中漂浮着——生活的路将从这里开始,可它又能延伸到哪里去呢?

我看看床前的小闹钟,钟蒙子里有一只小黄鸡,在一下下地叨米,我吹了灯,还能听到均匀的叨米声。从门旁一扇小窗户透进明洁的月光,这是初春的季节,能嗅到化雪后戈壁上带着畜粪和草木的气息。

一大早,王城就在外面的土灶上生火做饭了。柴火在灶坑里发出噼噼啪啪的声响。我起了床,走出了屋子,王城正在烙饼。

"粥要熬一会儿,"他说,"你去转转吧,完了回来吃饭。"

我拿起一个拾柴的背篓,听到了羊叫声。

这时,迎晨鸟单调的啾啾声也已停下来,霞光渐渐淡去,太阳正顺着一片稀疏的胡杨林向上攀升,乳白色的炊烟,袅袅地升动在这荒凉晨景的一侧。目及之处,有一条十多米宽、数米深的干沟,羊圈是利用垂直的沟壁栏筑在干沟的下面。干沟由南向北,延伸到这里,形成了一个较宽的弯道,一边深一边浅。站在陡峭的沟沿上,便能感到很久以前大水在这里经过的情景。干沟的北面是戈壁滩,视线轻而易举便能到达天边。

这里平时看不到个人。隔很长时间能见到林老汉一次。那时他会驾着一辆独套的马车,从场部驮来些饲料、点灯用的煤油和按定量分配给我们的粮食。他的到来,也意味着我们将收到家书,和场部定期下发的,有关共青团思想教育的学习文件,以及过期的报纸。幸运的话,林老汉还会带给我们一本彩色画报。他知道我们喜欢这类东西,凡是带油墨的东西,往往也带着远方的信息。每当辚辚的马车声远远地出现在这寂寞的荒原上时,我们早已来到了干沟的边上。马车停在干沟对岸,卸了货,清点完东西,写了收条,我们就拿出闹钟来和林老汉对对表;他有一块发黄的手表,也是我们依赖和掌握时间的依据。如果太阳还高,我们就聊聊天,听林老汉讲讲外面的见闻。另外,王城总忘不了请林老汉带上一封信。信是写给他一个初中时的女同学。这封信需要带到场部去,放到收发室的信箱里。

我来到羊圈不久,天气开始转暖,正是梭梭花儿绽放的季节。虽然冷风仍在流动,但已有一簇簇黄色的花嘟噜儿散布在潮湿的戈壁上。不久,羊群也进入了发情期,公羊骚动不安的叫声不时从羊群中传来。为了使每只母羊都不失受孕的机会,凡是交配过的母羊,就得用大红的油漆在羊背上标一个记号。工作是具体的,场部下达的任务也是明确的。我夹着放羊鞭,带着红油漆,边走边注意着羊群里的动静。在羊交配时就凑过去做这件事。等到每只母羊的背上都有了红记,羊群也就安静下来,随后的日子里,公羊和母羊之间就像是谁都不认识谁了。

这天早晨,我跟王城说:"今天你去放羊,我想留在家里一天。"

"为什么?"王城不解地问。

"打扫一下宿舍卫生。"

"卫生?"他皱皱眉头,"刷碗扫地,洗衣做饭,不是分工了吗?一个房间还能怎样呢?"

"可夜里你没觉着有老鼠吗? 如果你没听到那些老鼠胡闹的声音,也没感觉着有臭虫?"

我想到的问题还不少。除了臭虫,除了床板上的血迹一天比一天多,墙上的牛粪也该清清了。我刚来时王城就说,牛粪原先就在墙上,说是用来驱除臭虫的。听起来很可笑。后来发现,王城夜里睡得是比我好,还打呼噜。他那边的牛粪显然是比我这边的牛粪多,一坨坨的,像缀在城门上的大铆钉。我说,现在该是改变一下这里陈旧气氛的季节了。

王城同意了。他笑着说:"你说得对! 不然,这哪还像个共青团员呆的地方呀? 今天你就别去放羊了,在家弄弄卫生吧。"

这天天气不错,不像有雷阵雨的样子。王城从一处斜坡进了干沟,不一会儿那下面就传来了他的吆喝声、羊叫声,和羊群密集的奔跑声。尘土混杂着羊粪味儿,像一道屏障从下面升腾上来,弥漫在晨光里。不一会儿,羊群就从另一处拥出了沟底。

我也开始了行动。我先将墙上的牛粪铲下来,装在柳条筐里。完后我又把被褥抱出去,摊在太阳地里暴晒,同时再用红柳条对被褥的里里外外进行了抽打。抽打完了,壶里的水也沸腾了,我又用滚烫的开水浇了床板。我干得满身大汗。接下来我堵了几个老鼠洞。堵完老鼠洞,我又打了半盆糨糊,用报纸和画报把墙糊了一遍。等黄昏听到羊叫时,我贴完了手里最后一张报纸。王城一进屋,脸上带出了意外的惊喜,他转动着身子:

"哇! 这简直就像结婚的新房嘞。"

晚饭后,光亮渐渐消失,我便划一根火柴把灯点亮了。这时,除了等天再一次亮起来,也就无事可做。王城给表上好弦,就上了床。他先欣赏了一下四周的报纸,然后就翻过身,趴在床上,开始给那位女同学写信了。有时他坐起来查查字典。除了写信,我记得神儿。跟我说话总得说两遍，有时得说三遍。而且，为了图省事，才走出一里多地，我就想顺着沟底走了。这样，不管羊怎么走也不会走散。

"干沟里的草比上面都长了。"我说，"为什么不到下面去，在没草的地方转悠呢？"

"南面的草不是挺好吗？夏走远，冬走近，"他说，"还是往南走吧。"

我扬起鞭子，心不在焉地抽打着绵羊的屁股，厚厚的羊毛晃动一下，羊只顾低头吃草，对鞭子不屑一顾。不过羊群已经开始朝南了——它们完全知道要到哪儿去吃草了。在山羊的带领下，我慢腾腾地跟在绵羊的后面。

一天很快就过去了。

一年和一天一样，也很快就过去了。

八月里，戈壁上旱得不行，附近的水源多半都干枯了。一天夜里，明月高照，只有薄纱一般稀疏的云雾，在月亮的周围移动。整夜里羊的叫声持续不断，到了天明才知道夜里来了狼。我和王城一大早就站在沟沿上查看着沟下面的情况：只见羊圈里横七竖八地躺着八只绵羊和一只老弱的黑山羊。我们数了数，还剩下一百七十二只绵羊和四只山羊，都紧紧挤在一起。狼咬死了羊，吸了羊血，却没吃一口羊肉。所以每只羊除了脖子被弄破了，大体上是完好的。

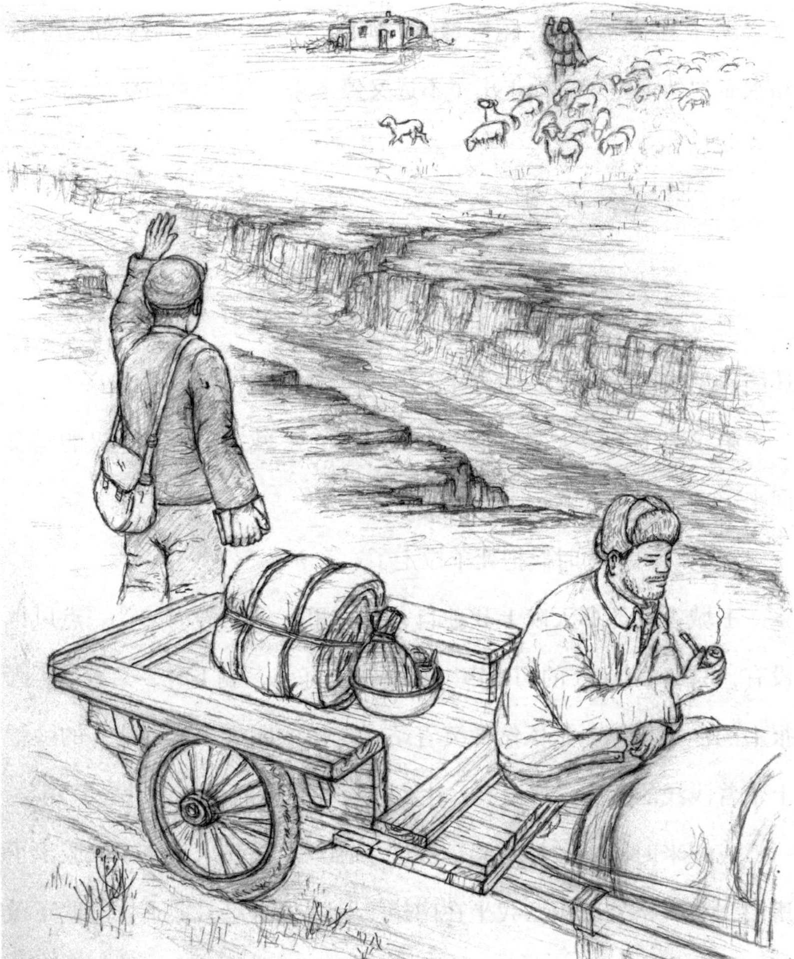

这说明狼渴得很,它们没有胃口。那两天我们在戈壁上还发现了一只野黄羊,也是脖子被弄破了,血被吸干了,干得像木乃伊。这件事必须马上报告场部,越快越好。所以,当天早晨王城就带上干粮和水壶匆匆上路了。他走出了不远又停下来,长长地吆喝了一声:

"喂！给——表——上——弦。"

"记——着——呢！"

王城冲着太阳的方向走了。在开阔的戈壁上,他走了很久,我还能看见他在地平线上晃动着。

第二天下午,太阳快落下去的时候,王城才坐着林老汉的马车回来了。

林老汉回去的时候把死羊拉走了。

王城去场部那天晚上我独自守在这里。外面静静的,一点风也没有,只有"小鸡"的叨米声。我给钟上好弦,躺下时,又看见了画报上的渔家姑娘,她依然微笑着站在椰树的阴影里。她清秀的脸蛋上带着浅浅的微笑,那微笑,让我在一种虚拟的甜蜜中进入了梦乡。

我醒来时,柔和的月光正探进小窗里。我起来,披了衣服出了房门,空气格外凉爽,我坐在门槛上,远处,星月之下,戈壁正敞着一道漆黑的口子,那下面偶尔传来羊儿微弱的叫声,草虫鼓噪的声响在这夜色如银的戈壁上蔓延着。

王城去场部那天，回来就闷闷不乐。我感到他八成是遇到了感情上的问题。难道他与她出现了裂痕？我没有马上问他。他看着已经够心烦的了，在他两眉之间的那处疤痕使他显得愁眉不展。他也不爱呆在宿舍里，如果在屋里，他不是用牛皮线缠绕着放羊鞭的鞭杆子，就是在火墙后面，用一把刀子沉闷地分割着一张熟过的牛皮。

"你和她，怎么，是拉倒了吗？"我忍不住开口问道。

他没吭声，去枕头下面取出一封信来递给我："你看看吧。"他说。

这封信，是王城在场部收发室里，从一些积压的邮件中找到的。信被耽搁了。信写得冗长，字体很怪，但很整洁。内容大致回顾了他们从学生时代就相互产生的爱慕之情。又写了生活的艰辛，现实的严酷，分手的无奈。可我看完就记得其中一句话："忘了我吧，我已经是人家的人了。"这是我第一次看一封女人的情书。虽然信不是写给我的，可在同样的生活下，读着这样一个女人的信，其实际的感受和写给我的有什么区别呢？何况，王城给她的最后一封信，是征求了我的意见的。他写好之后，不好意思地让我帮他看看，把把关。有几句措辞他拿不准。按说我哪会给女人写信啊？我只好与他一起来逐字推敲，揣摩着，那个我从未谋面的女人的心。我自以为是地帮他删除了一些冗长多余的句子。尤其是其中最后一段，我认为得改。他让我再说一遍，完全采纳了我的原话，最终写完了那封情书。

因此，这件事不仅让王城伤心，也让我倍感失望。显然这封饱含深情的情书，没有改变人家的心。

小雪封地，大雪封河。这年冬天，一个寂寞的夜晚，雪刚停，我就带着打狼的夹子出去了。我琢磨已久，满怀信心地把它按在了一个狼喜欢经过的、通向干沟的背阴处。我回来王城已经躺下了，我没再点灯。炉火暖烘烘的，梭梭柴燃起的火光，透出炉盖的缝隙晃动在贴满了报纸的墙上。我感到他没有入睡，他每次翻身我都能感觉到。

"怎么，还没睡？"

"噢，雪停了吗？"他把头偏过来问。

"已经不下了。"我把汗湿的羊皮帽子摘下来，挂在了火墙后面。

"锅里的饭你吃了吧，不要再留了。"

我知道那件事在王城的心里并没有结束。我想安慰他，不知怎么开口，因为我自己都不知道该怎样安慰自己呢。然而，在这世界上，王城的苦闷只有我知道。而我的苦闷谁知道呢？

"别再傻了，"我直来直去地说，"人家的人了，干吗还想呢？"

他不吭声，沉默地背对着我。我又说："你想，哪个姑娘愿意嫁到这里呢？忘了吧，将来，若能走出这戈壁，还会遇不到更好的女孩儿吗？"

他转过身来，似乎听进了我的安慰，"没事了，"他说，"没事了……其实，我一点儿也没怨恨她。我想过了，人家也不该到这儿来，不该的！"

那天晚上，我们倒是聊了很久。王城从小就没有母亲，父亲给他的印象也不深。他和外祖母一起长大。外祖母说，他的母亲是得了大脑炎死的。而父亲很早就不辞而别了。他对母亲的记忆，只是一个五岁的孩子对母爱遥远而淡淡的伤感之情。

事实上，我们用了不多的对话和更多的沉默便消耗了整个夜晚。第二天，我们是被沟里的羊叫声唤醒的。可就在我匆匆起床叠被子时，突然发现，表停了！表蒙子里的小鸡停止叨米了。这与我们忘了给它上弦有关。这一疏忽，使我们在错误的时间里度过了那个漫长的冬季，在那个冬天里，无法知道，我们所做的事情，是什么时间开始，又是什么时间结束的。

我在干沟羊圈一干就是十多年。林老汉在我到羊圈工作的第六年去世了。我和王城为公家每年提供近百只肉羊和数量可观的羊毛，每到入冬前的宰杀季节，场部就会派人用拖拉机把羊拉到场部的屠宰场去。就这样，年复一年，我们不知不觉就度过了青年时代。对于我们，那曾有过的一颗少年的心，和对于生活的热情，就像戈壁上的劲草，随着时间渐渐地枯萎了。后来我也再没见王城像他年轻时那样给什么人写信了，只是我看到过，他还保留着那个女同学的几封情书。

就这样，在我快满三十岁的时候，家里托人给我带来了一张女人的照片，问我同不同意。这是一位山区里的姑娘，我拿着那张照片似乎又想起了什么。事情虽然来得这么突然，可有什么理由不同意呢？我端详了片刻，便许下了终身的诺言。

我离开羊圈那天，农场派了一辆马车来接我。王城仍留在羊圈工作。临走时，我才感受到了，由时间滋生出的，对人、对一个地方的留恋。但有什么能像离开一个老地方那样，叫人重新勾起对生活的憧憬呢？虽然有些伤感，内心却欣然涌动着久久不曾有过的热流。

这一天，王城送我来到干沟的边上。我把狼夹子和一把黄羊套留给了他。王城接过狼夹子，他递给我一个蓝塑料皮儿的日记本。他带着笑，却也带着不舍的泪光。

"去了，来封信。"他说。

"对！我们通信吧。"

我终于坐上了离去的马车。只是在这新生活即将开始、旧的日子最后完结的时刻，我望着王城，望着那片羊群，和那幢干打垒的单身宿舍，以及横断在我们之间的那条巨大的峡沟，在地平线上渐渐远去了……

这就是我对一个呆了十二年的地方最后的记忆。

也就在那年夏天，我带着那个山区里的姑娘尽可能地往南走了。

在生活艰辛的旅途中，我一直没顾得上给王城写封信。虽然我常打听他的情况，但不外乎一个同样的消息：王城还在老地方放羊。又过了些年，时代起了很大的变化，我也搬到南方一个热闹的城市里生活去了——人的一生是该奔着人多的地方去的。眼前的变化使过去的那段生活恍若隔世，许多往事就像一幢干打垒的房子，它一点点地风化、飘零、消失在我的记忆里，我也进入了中年。

不知为什么，后来我又开始向人打听起过去的人和事了。每当想起少年时代，不免又想起了王城。可从老地方来的人，知道王城的人不多了。直到最近，我终于打听到了一个人，这个人说得比较靠谱。他的原话是这样的：

"是有个牧羊人，年龄和你差不多，叫不叫王城不清楚，但他有个明显的特征我倒是可以告诉你：在他两眉之间，有一处明显的疤痕。另外，这个人没结过婚，放了一辈子羊。不久前我还见了他，就在一处干沟的附近。"

我听了这些话，几天都没睡好觉，不知书信是否还能穿越这样久远的距离。就这样，在一个秋天的早晨，我终于离家出走了。我是顺着准噶尔盆地的南缘向西走的。这是一条老路。这条路，我认为，只要走下去，便能看见过去的一切。何况，那条干沟的形状、位置和它独特的走向，仍然清楚地印在我的记忆中。

当我踏上这条确信无疑的老路，循着时光与相隔久远的记忆走去时，途中却并不如愿。有时我感到是方位不对。就在我因迷失而开始质疑对过去的记忆时，有一天，我在戈壁上捡到了一件生锈的东西，锈得虽然不成样子，但我还是认出了，这是一副打狼的夹子。我终于放慢了脚步，望着漠漠的戈壁，在起伏蔓延的沙丘与沙丘之间，我看到一处露出地面的干打垒的残垣。不远处，有一条被风沙掩埋的微微凹陷而扭曲的影子，在落日的余晖里伸向远方。

（原载《延安文学》2006年第4期）

鸽子的故事

如果视力好,你便能看见它们——在云层的下面,在蓝天上,那两个疾驰的白点。它们下来时很像是一对下落的坠子,接着迅速展开,如白色的绸绢,飘然而下。当它们扇动着翅膀落在灰色的屋顶上时,便发出咕咕、咕咕的叫声。那只红砂眼,头顶有个菊花分儿的公鸽子,又在挺着胸向那只白母鸽转着圈儿示爱了。它们成长得真快,才几个月的光阴,已经能从几里地之外飞回来了。

鸽子窝装在高高的山墙下,这是一个漂亮的小木房。小木房的门是靠一根双向拉绳控制的,拉绳延伸到山墙的下面,早晨要去把门拉开,晚上再把门拉上。为了防备邻居家的那只大黑猫,这是很有必要的。

太阳是鸽子的时钟。在夕阳消失的片刻,它们会准时守候在小木房门前的横板上,等着门打开。清晨只要门一拉开,它们就会扑棱扑棱地飞出去,带着悠扬的鸽哨声,在清爽的空气里飞上一阵子。

有时,我会带它们穿过一片开阔的甜菜地,爬上陡峭的河堤,将它们撒开来。它们迅速地拍打着翅膀,朝着宽阔的河面飞去,一会儿滑行,一会儿跃起、翻身,接着向上盘旋,确定方位,然后就朝着目标飞行。无论路有多远,它们总能飞回来。而每次放飞,它们总是比我先到家。每当我疲惫地赶回来时,总是看见它们在房顶上懒洋洋地晒着太阳,或歪着小脑袋用那双砂红的圆眼睛居高临下地看着我,一点也看不出它们刚经历了长途的飞翔。

我总想着带它们到更远的地方去,而这个更远的地方是哪儿呢?能想到的就只有石河子。虽然,我不曾去过石河子,可在我的脑子里,那里的许多地方我似乎都很熟悉。什么石河子团结商店啦,什么石河子招待所啦,还有绿洲电影院啦。我还知道电影院的东面就是中心广场,广场上有一根很高的旗杆,旗杆上飘动着红旗……而这些我都没亲眼见过。有关石河子的所有说法和细节,都是我从别人那里听来的。就带上这对鸽子去石河子好了。至于放飞的地点,就选在石河子广场的旗杆下面。如果它们真能从那里飞回来,算是我最大的满足了!

据说石河子有上百里。要去最好是等甜菜熟了。阿罗叔每天都要去石河子糖厂送甜菜,到时,就坐阿罗叔的翻斗车去。

于是,我开始盼着甜菜成熟。我甚至会站在甜菜地里,想象着一根旗杆上飘动的红旗,而在红旗的上方是飞翔的鸽子。

天说冷就冷,收甜菜的季节转眼就到了。被霜打了的甜菜叶,成片成片地坍塌下来,厚厚一层铺满了条田。甜菜被拖拉机一行行地犁出来，硕大的甜菜头裸露在泥土的上面。天不亮，大人就穿得厚实实的，带着菜刀进了地里，清理甜菜上的泥土，削去根须和叶子。阿罗叔早出晚归，开着那辆装满了甜菜的翻斗车，一趟趟地往石河子糖厂跑。

鸽子似乎也忙碌起来。它们不再像以前那样无所事事，只知道在房顶上晒太阳；在午后的斜阳里，它们嘴上衔着稻草，进进出出，小木房里也不时地传出了咕咕、咕咕的叫声。

我已经准备好去石河子了。可阿罗叔的车上每天都有搭车的人。这一天，我不得不跟阿罗叔提出这件事了：

"阿罗叔，明天你看怎么样，能带我去趟石河子吗？"

"不行啊，明天有个孕妇要去石河子医院看病，驾驶室里坐不下。等下次吧。"

过了几天我又问："阿罗叔，明天可以带我去了吗？"

"再等几天吧！明天送了甜菜，我还要去接一位技术员。"

这样，一天天过去了，我每天都会去甜菜地里看看，直到地里面已经没有多少甜菜了，我才忍不住又说："阿罗叔，甜菜都快没了，明天你可一定要带我去了！"

"对了，你去那儿干啥？"

"不是早跟你说了，我想去石河子的中心广场吗？"

"中心广场？我可没时间陪你去闲逛。"

"不是的！阿罗叔，你难道忘了吗？我要去中心广场的旗杆下面，放鸽子啊！"

在我三番五次的要求下，阿罗叔总算答应了。他让我明天不要睡过了头。

我听了真高兴，夜里都睡不着了。天不亮我就坐起来，给鸽子喂食。然后，我用书包装好它们，穿了棉衣，来到了甜菜地。地里还很黑，很远就听到有人在往阿罗叔的翻斗车上装甜菜——这也是最后一车要送到石河子糖厂的甜菜了。

我们上路的时候，天开始亮了。车开到半路，我兴奋的心情，却被窗外阴沉沉的天气搅乱了。太阳像一块玻璃片贴在灰色的天幕上。出门也没了解一下天气。既然这样，只能希望天气不至于太糟糕。阿罗叔的车倒是开得挺快，不断地超着拖拉机、马车和毛驴车。我抱着书包里的鸽子，一路上总是看着车的最远处。直到一些高大的房子和烟囱映入眼帘，我兴奋地说：

"这是石河子吧？"

"石河子已经过了。"阿罗叔皱着眉头说，"这儿是糖厂。"

"过了？"我奇怪地问，"怎么会过了呢？"

"我们要先去排队卸甜菜。另外你看这鬼天气，"阿罗叔说，"我看，就在这里把鸽子放了吧。"

这时，许多装满了甜菜的卡车、拖拉机，还有马车，已经排到了糖厂大门的外面，又沿着公路边排老长。阿罗叔把车开到车队的尾端，掉转了车头，排在一辆马车的后面。

"不能在这里的——阿罗叔,不是说好的,要到广场的旗杆下面去吗?"

"可你看看这天气,我看去不了市里了。"阿罗叔望望天空,"这场雪非下不可。卸了甜菜,装了甜菜渣我们就往回返吧。"

他这样说,我感到非常失望。大人总是这样,对未成年人敷衍了事。可我不能跟阿罗叔发火,我哀求说:"阿罗叔,你就把我带到那里,到了那根旗杆的下面,我把鸽子放飞了咱就走,好吗?不会耽误时间的。"

"为什么非得去旗杆下面?那儿离家的距离,和这里差不了两里地。"

"不就两里地吗?"我几乎忍不住要哭了,"要是到不了广场的旗杆下面,就把鸽子放了,等于白跑一趟!"

"怎么叫白跑?别死心眼儿——真的要下雪了。"阿罗叔把手平伸出窗外,"赶快放了吧,不然它们飞不回去了!"

我一句话也说不出来了。车进了糖厂,要先到地磅间过磅。我下了车,挎着书包就往大门外走。望着灰蒙蒙的天空,我伸手摸了摸书包里的鸽子。这时,守门的人问我拿的是什么。

"鸽子。"我说,"你能告诉我石河子还有多远吗?"

"没多远——这里就是石河子。"

我本想问问广场在什么地方,可这时,我竟然看到了远处飘动的红旗。我就这么走出了糖厂的大门,在一处开阔的地方,我打开了书包——心里不情愿极了。鸽子探出了小脑袋,睁着火红的砂眼睛,显出惊慌欲飞的样子。我看着远处的红旗,将它们放开来了——它们毫不犹豫地拍打着翅膀,迅速地飞了起来。我仰望着那两个白色的小身体,穿过糖厂上空滚动的炊烟,划过苍然灰暗的天幕,飞去……

当它们消失在我的视线里时,纷纷扬扬的雪花如洁白的羽毛飘落下来。

阿罗叔卸了甜菜,装满了甜菜渣,我们就往家赶路了。路上我一句话也不想说。外面的雪越下越大,转眼大地已是白茫茫的一片。阿罗叔把车开得很慢,就像蜗牛似的在公路上慢慢前行。我攥着那个空了的书包望着窗外,想着那一对鸽子飞到哪里了。"该到家了吧?"我的心也在风雪里急速地飞驰着。

当我们一路辛劳回到家时,天色已暗,风小了许多,雪还在下着。阿罗叔去猪场卸甜菜渣,我踏着积雪往家跑。不幸的是,我赶到家时,鸽子没有回来!山墙上的那个小木房几乎不见了,它在厚厚的积雪里只露出了一个顶尖。

夜里,我望着窗外不能入眠,鸽子拍打着翅膀的声音总是回荡在耳畔。可一次又一次,只有路灯微弱的光线在飞扬的雪花里颤抖着。

两天后,雪停了。鸽子仍没有回来。

许多天过去了,鸽子还是没有回来。我时常久久地仰望着天空,盼望它们会奇迹般地出现在蓝天上。

可一天天过去了,那对鸽子终究没有回来。

从此,在高高的屋檐下,只留下了那个孤零零的鸽子窝。每当我看见它时,总会自悔自责,会想起它们飞翔的那些日子,还有它们进进出出、衔草絮窝的情景。后来,我还在梦中梦见过它们,梦见它们仍在风雪里飞着,不停地飞着。

几年以后,那个小木房经风吹雨淋,油漆也渐渐剥落,变得陈旧不堪。只有半截拉绳摆动在风里。这件事也随着时间被我淡忘了。

一年春天,我小学毕业,要到石河子上中学去了。临走时我才想到,山墙上那个鸽子窝也早该取下来了。这一天,当我踩着木梯上去清理它时,小木房的拉门因腐朽而坠落下来。这时,我突然看见小木房里有两个白色的东西,当我凑近时,我看到的却是两只鸽子白色的骨架。

(原载《人民文学》1998年第11期)

小 黄 球

当时,北里小学还在我们机关大院的马路对过,机关小广场的南侧是一幢浅棕色的楼房,它虽然只有四层,二十年前也算是这里最高的一幢楼房。它除了正门,两头各有一个直通相对的侧门,如果从侧门进去,经过长长的走廊,便能看见我们学校教务处房顶上飘动的红旗。

楼里有个看门的老头,姓余,孤身住在收发室隔壁的一间屋子里,据说他曾做过国民党部队里的文官。平时他走不了多远,除了去食堂吃饭,我很少见他离开这幢楼,或走到比食堂更远的地方。他的腿不大好,走起路来就像是有着许多经历的人。除了在楼里办公或前来办事的,余老头不喜欢闲人从楼道里通过。平心而论,我从没好好地走过那段狭长幽暗的走廊。每次进去,走不了几步,便会奔跑起来,地板被踩得咚咚直响。有时他气喘喘地从收发室里跑出来,忽然截住我,这时,即便上课的铃声已经远远响起,他也不放我过去。我不得不向他求饶,请他松开我的胳膊或耳朵……可事后我又忘了,并抡着书包在走廊里疯跑,或悄悄登上楼顶,让视线越过那些灰色的烟囱和屋顶,停留在雾蒙蒙的远方。

夏日的傍晚,我做完作业就会跑到楼后面去,和邻居的孩子们聚在路灯下面玩耍。虫蛾在灯光里飞动,灯泡发出轻微的撞击声,我们用铁丝编制的"马刀"互相"追杀"。若是我们闹过了头,或者越过了楼旁一块贴满了开会、学习等各式通知的布告栏,余老头就会从楼里出来驱赶我们。

除了捉迷藏,夏芳她们一般不掺和我们的玩法。她们总在附近,唧唧喳喳地跳橡皮筋、踢毽子。夏芳穿着一条有肩带的喇叭裙,当她变着花样用脚拨动着一根橡皮筋时,齐耳的短发和胸前的红领巾也随着裙子飘动起来……

夏芳家住大院的南侧。有时她一来,我就提议捉迷藏。有一回,我躲进楼道里,在楼梯后面发现一个管道入口,这是楼的底层。我钻进去,顺着暖气管,一直能到达果园的暖房附近。我躲在里面很得意。他们却以为我回家了。我出来时蔡大勇他们都跑光了,只有夏芳在,她没有走,她站在一棵槭树下,手里拿着我挂在树杈上的帽子。

到了冬季,就没那么好玩了。外面总在下雪。一天傍晚,我在回家的路上捡到一只受伤的小狗,我在雪地里发现它时,它冻得全身发抖。我又惊又喜,把它暖在怀里。它除了鼻梁和脚是白的,一身的黄毛,毛茸茸的,像个小黄球。

我知道家里是不让养狗的。这与居委会一则"禁止养狗"的通知有关。虽然我没信心说服妈妈,但我还是把这只小狗抱回了家。

我抱着小狗立在火炉旁,企图以哀求来打动妈妈的心。

"有谁还敢养狗吗?"她说,"去看看楼前的布告吧,要是叫打狗队的看见,它准得被弄走 —— 处理掉!"

我听着吓得要死。"可把它藏在家里不好吗? 外面在下雪呀 —— 妈妈。"

"谁能违反规定吗?"她毫无商量地说,"哪儿来的,把它送哪儿去吧。"

"它会冻死的! 妈妈,留它一晚上,就一晚上,行吗?"我哭着说。

妈妈仍然生气的样子,但她走过来看了看这只小狗,伸手摸了摸它,它马上舔了舔妈妈的手。妈妈放缓了语气:

"不是我不同意,孩子,政府有规定,狗肯定是不能养的。"

我流着泪,抱着小狗离开了家。我站在门口,雪花从黑暗的夜空降下来,梳理着路灯微弱的光线。这时我想起了蔡大勇,于是我来到他们家。起先,他们全家都流露出对这只小狗的兴趣,蔡大勇和他妹妹还用馒头来喂它:

"真好玩 …… 快下来,让它跑跑。它叫什么名字?"

"小黄球。"我说,"它叫小黄球。"

"小黄球?"

"对,是我给它起的名字。"

可他们并没有收留这只小狗的意思。而且,说法都一样,甚至说养狗是一种公害。什么狗吃得多啦,对社会没好处啦。我只好抱着小狗离开,又带着一线希望去了小路家。结果,他们在屋里嘀咕了半天,都没叫我进去,也没让小路再出来。上哪儿去呢?我抱着小狗站在街边,路上不见行人,凛冽的寒风带着雪花飞动着。我试着放下它,它哼哼唧唧地叫了起来,像个可怜的孩子。我无奈地又把它抱起来。这时,远处办公楼里还亮着灯,我抱着小狗朝那幢楼走去。

透过水汽蒙蒙的玻璃,我见余老头正在收发室里喝茶看报。他坐在一把木椅上,脚下是一盆洗脚水。楼道里静静的……我轻轻推开大门,抱着小狗躲进了楼梯的后面,随后我掀开一个盖子,钻了下去。我知道这里,因为我曾在这里玩过捉迷藏。下面好暖和,只是没有光亮,唯一能看见的是小黄球莹亮的眼睛。我半蹲着,摸索着往里移动,暖气管发出吱吱的泄气声,脚下是些鼓鼓囊囊的鹅卵石。"你看,这里怎么样?"我停下来,试着跟小黄球说话,起先我没把握它能听懂,我唠叨了半天,它似乎明白了。我叫它不要乱跑,我去弄些吃的来。它呆在那里不动了,一对亮亮的眼睛,黑暗中望着我离去。

意外的是,我从地板口出来时,余老头的房间已经黑了灯,楼道的门也上了锁。我只好回到下面。我沿着暖气管道爬了一阵子,最终向上推开一个铁盖,探出头去,正是果园的暖房附近。外面的雪已经停了,四处白茫茫的,冬天的月亮苍白而遥远,果树光秃秃的,不像曾经结过水果的样子……

我赶紧跑回家,揣了两个窝头和一瓶水,还找了蜡烛和手电筒。在一个杂乱的抽屉里,我弄了一卷纱布,和四环素药膏。我蹑手蹑脚地刚要出门,不料,妈妈叫住了我,她穿着睡衣,半开着里屋的房门:"还要上哪儿去?这么晚了。"她不高兴地问,"另外你手里拿的、书包里装的,还有衣袋里露出来的都是些什么?"

我爸穿着短裤,露出头来,眯着眼睛问:"几点了?"

那天晚上,我没能到管道下面去,心里惦记着小黄球。第二天在学校,也一样,整个数学课我都没听老师在讲什么。我专注地望着黑板,看到的却是两只黑暗中的眼睛。

好不容易挨到放学,蔡大勇赶上了我,追问我小狗的下落。

"哎,有办法了,"他说,"我家不叫养狗,我能养。"

"你养?"

"是!你把小黄球交给我吧,我有地方养了。"

"往哪儿养?"

"养菜窖里呀!"他鬼头鬼脑地说,"菜窖里冬暖夏凉,土豆白菜都冻不着,狗能冻着吗?"

我迟疑了一下,真想跟蔡大勇说个明白,又怕因此走漏风声,话到嘴边又打住了。"把狗养菜窖里,那可不是个好办法⋯⋯"我含含糊糊地说着,意思是小黄球不在了。蔡大勇看着很失望,我走了,他还站在那里。

我吃了几口饭就跑了。这时,余老头正夹着他的铝饭盒,提着暖水瓶去了大食堂,我乘机溜进了楼里。我进了管道,还没来得及揿亮手电,就碰到了毛茸茸的小黄球。它用舌头热情地舔着我,意思是:我可等苦了!我打开手电说:"噢,来了来了——可怜的小黄球,你真懂事啊!"它用鼻子闻闻我的手,又抬头看看我,我知道它的意思。我把手电筒放在一块水泥板上,开始给它喂东西,等它喝完水,我又检查了它腿部的伤口,那里破了一小块皮,有点发炎。我给它上了药,又用纱布和绷带给它包扎了伤口。听到上面有人走动时,我们就停下来。它一声不响。其实我最担心它叫唤,狗能不叫吗? 不知为什么,它从来不叫,安静得像只小猫,最多发出唧唧的声音,虽然只有我能听见,我"嘘"一声,它就不响了。

在一个裹着保温棉的管道转弯处,是一根方柱子。我在这里用鹅卵石给小黄球团了一个窝,里面铺着草垫子,旁边是我的书包。

蜡烛的光,照着上面的水泥板,和等距离地分布在周围的柱子。管子释放的热量,把我的脸烤得热乎乎的。

我通常是趁余老头去大食堂的机会,到管道里去。这时机关早已下班,好在余老头每天打饭、看报、洗脚都很有规律。有时我给小黄球喂完食,我们会玩一会儿。只要点起蜡烛,它便在管道下面撒着欢儿乱跑,要不就躲在水泥柱子后面,不见了……"黄球!"我轻轻叫一声,它又突然跑出来,跟我亲热一番。随后卧下来,静静地,用黑汪汪的眼睛直呆呆地望着我,那双莹亮的眼睛,就像能一览我心中的秘密。

如果楼道里有人,我就去掀开暖房旁边那个铁盖子,对着洞口叫着:"黄球黄球!"不一会儿,小黄球就摇着尾巴出现了。我把从家里弄来的食物和省下的零食带给它,它吃完东西,抬头望着我。看它有些不情愿的样子,我就说:"好了,回去吧。我会带你出来的——我得走了,小黄球,明天见!"我盖上了盖子。

春天的一个早晨,大家还没起床我就起来了。我带着小黄球离开了管道,从果园围墙下面的排水口钻出去,天已麻麻亮。我带着它,在清凉的晨风中兴奋地奔跑起来。路上几乎没什么人,我们终于来到了郊外。穿过了一片林子,前面出现了芦苇,这里有被人遗忘的长年流动的泉水。其实才两年的时间,学校在这里组织过夏令营。如今水还是那样清澈,倒映着最初升起的霞光。我靠在一棵白杨树下，小黄球欢快地在溪边的草地上跑来跑去——它长大了不少，又机灵又可爱；一只小鸟在枝头上鸣叫，它的头是红的，羽毛在晨光里发亮。

一天下午，我在家里刚要写作业，突然听到了狗叫声，我惊惶地冲出房门，看见打狗队的人正手持棍棒，朝着果园方向赶去，其中有小路的爸爸。我边跑边哭，赶到时，却见一只小黑狗，它又惊又怕，到处逃窜，最终被打狗队的堵在一个排水沟下面。我没敢靠近，听到了狗惨叫的声音，随后安静下来。其中有一个人朝我这边看了一眼，他们开始在那里抽烟。

这天晚上，我在管道下面点起蜡烛，我们都无心去玩老一套的游戏。小黄球安静地卧在我身旁，眼睛里泪水盈盈。我抚摸着它——抚摸着那难以感受的忧伤。我知道，我的小黄球，是此地最后一只小狗。

从此我最怕听到狗叫，夜里总有犬吠的幻觉。由于我每天专心于此事，有好久没见到夏芳了。其实，夏芳家已经搬走了，我竟然一无所知。等我跑去她家时，那里已经搬进了一户陌生人。后来，有许多家陆续搬出了机关大院，去农场劳动去了。

我很快发现，没人再把灭狗当作一回事了。因为社会突然乱了。有一天，老师语调沉重地告诉我们："同学们，这是我最后一天给你们上课。为了搞好无产阶级文化革命,从今天开始,学校停课了。"老师说完,摘下眼镜,揉揉浮肿的双眼,她接着说,"你们的年龄还小,生活的路还很长,学习仍然是必要的……"

她捏动着一截粉笔,合眼酝酿了半天,在黑板上给我们布置了最后一次家庭作业:"我的革命理想!"

不久,这座机关办公楼里贴满了大字报。看大字报的人从早到晚络绎不绝,有些人,边看还边在本子上记着有用的句子。还有人,始终紧皱着眉头,表情流露着神圣的使命感。如果留意,你还会发现,有人在阅读时甚至紧握双拳,咬牙切齿,眼睛里喷出火光!骨节发出的声音,使怯懦的人不得不往后站。而更多的人正微微地晃动着脑袋,以一目数行的速度在阅读。没等人看完,那些糨糊还没干透的大字报就会被新的大字报覆盖。而我,兜里揣着给小黄球的食物,正在寻找进入管道的机会。我混在人群里,或在大人的裤腿与裤腿之间穿梭。为的是能听到地板下面的动静——我敢说,我的小黄球也同样能分辨出我的脚步声——我站在上面的位置。可再想从楼梯的后面进入管道,已经不是件容易的事了。因为,就连楼梯后面的那个盖子上也常有人呆着不走。这样,我只好再去暖房那边看看。不过,除了黄昏,白天的机会是越来越少,以致可怜的小黄球往往一天都吃不到东西。

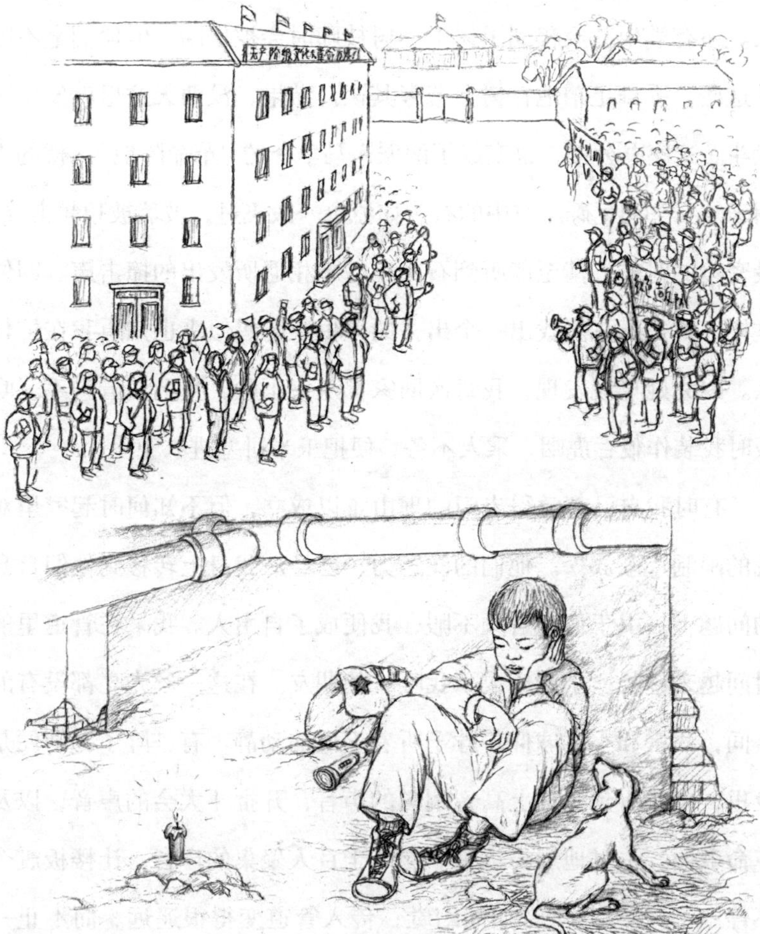
无产阶级文化大革命万岁

不久后的一天，那座楼的周围聚集了许多学生和工人，说是来向市政府夺权的。他们把小广场挤得满满的，就连花圃里都站满了人。还有学生甚至爬到了树上，树枝随时会被压断，但他们毫不顾忌这些，手舞足蹈地在树上夸夸其谈。结果，没两天这里就发生了武斗。这座办公楼，也变成了两派人马争夺的"革命阵地"。楼的周围满是石头和瓦砾。空中的石头如流星一般飞过，玻璃被频频击碎，最密集的时候，甚至能听到石头在空中相遇所发出的撞击声。即便这样，我每天总能找出一个出去的理由。妈妈似乎也知道我在忙什么。因为她早就发现，我每次回家都灰头土脸，身上沾着狗毛。吃饭时我装作狼吞虎咽，乘人不备，便把玉米饼塞进衣兜里。

有时我自己都觉得出门的理由难以成立，但不知何时起家里对我的限制逐渐放松。他们的注意力，已经从我身上转移到他们自身的问题上。由于他们自顾不暇，我便成了自由人。我呆在管道里的时间越来越长。小黄球成了我唯一的朋友。在这一丝光亮都没有的空间，我常和小黄球仰着脖子听着上面的动静。有一阵子，即便是夜里，也能听到楼顶上高音喇叭的声音，开批斗大会的声音，以及革命歌曲，透过地层传进来。除了千百人聚集的声音，让楼板震个不停——还有些声音如同幻觉，传入管道变得很遥远。而不止一次，我听到从土层的深处传来细微如丝的呼救声，以及络绎不绝的人群和无数的鞋底摩擦着路面的声音。

有一天，时在黄昏，从水泥板上缓缓传来了《红灯记》的选段。

不一会儿,我听到了余老头的声音——来自收发室斜对面的房间。他的声音扭曲而沙哑。有人在歇斯底里。一会儿那声音又像是换了一个频道,变得慢条斯理:"说吧! 只要你交代了……"

几天后,余老头死了,有人说他是上吊死的。有关他的死也有其他说法,总之是死了。从此我再没见过这个姓余的老头。

由于我老不着家,在邻里中我被视为没出息的野孩子。我与伙伴们逐渐疏远,别说一起玩游戏,有时,我是尽我所能地在利用房屋、树木,以及黄昏暗淡的光线来避开人们的目光。即便这样,蔡大勇仍常常用异样的眼光远远地望着我。所以,我只能多走一些路——在住宅区里弯来绕去,以此避开人们的注意。总之,不可直接去接近那幢大楼。每次快到了,我都会看看身后,尤其是看看蔡大勇在不在跟着我。

管道里虽然没有光线,空气不流通,但久之便习惯了。如果上面没有声音,这儿真叫安静,仿佛与世隔绝。或许,小黄球不能明白,为什么要呆在这黑暗的空间里? 为什么不能出去晒晒太阳、听听微风晃动树叶的声音呢? 在这里,我们无所事事。除了竖起耳朵,连同小黄球的一对耳朵,来谛听那些惊悚奇怪的动静,还能干什么呢?

有些事让人无法理解。说什么我变了,甚至说我有点儿自闭症。我能变到哪里去呢? 再变也不过是一个差两个月才满十三岁的孩子。另外，说我玩物丧志，也不能叫人心服口服。难道有谁不想读书吗？我一直还在等着学校的开学通知呢。所以，我仍然没有改变背着书包到处走动的习惯。即便是在管道里，我心爱的书包也总在我的身旁。由于小黄球会在那里走动，我会揿亮手电查看书包的位置——那里面除了书本和文具，还放着早就完成了的、老师最后一堂课布置的家庭作业。我把头枕在书包上，就能回忆起充满阳光的教室和琅琅的读书声。

有一天，家里的气氛不对劲儿。妈妈六神无主，爸爸闷闷不乐地站在书架旁抽烟。而通常这正是该吃晚饭的时间。我预感到有什么事情要发生，因为几天前，有个戴红袖章的年轻人来了。这个人，不过是我们后院一个邻居的三个儿子中最没出息的一个。不知何时起，这个偷鸡摸狗的家伙，有了难以估量的权力。以前他见了我爸都叫叔叔。可那天他竟然说："喂！跟我走一趟吧。"于是，我爸只好跟着他走了。他把我爸带到楼里去问话，让我爸对个人的历史进行交代。我爸回来十分沮丧。由于他不知该交代什么，大部分时间都在发呆。

"发生什么事儿了吗？"我问。

"咱们要搬家了，"妈妈阴沉着脸说，"已经给了通知。"

"搬家？这样也好，那就带上小黄球一起走吧。"我想，也许有一个地方，那里是可以养狗的。如果这样，我真想尽快离开这个地方。

有一天,外面下着蒙蒙细雨,我喂完了小黄球回来,还没到家,就看见一辆卡车停在我家门口。有几个红卫兵,正在把我家的八仙桌和几块床板抬出来,一件件地往车上装,许多邻居在围观。这一幕把我惊呆了!我后退两步,大嚷着"我这就去,把小黄球带来!"我的声音哽咽、嘶哑。别人不知我怎么了,在说什么。我转身刚要跑,妈妈一把拽住了我。我以企求的目光望着她。所有的人都面无表情地站在那里,继续看着往车上装东西。

"等等我,妈妈,我要带着小黄球一起走!"我流着泪,哀求地说,"好吗?妈妈——它还在管道里啊……"

"都什么时候了,孩子,"母亲说,"车马上就要开了!"

这突然的一幕,让我束手无策。真后悔我没有把小黄球的情况告诉蔡大勇。他要知道了这一切该多好!"蔡大勇!"我看见他了,他就站在那些孩子当中——是他。现在就让我告诉他小黄球的秘密吧:"蔡大勇!……"我大喊着。可他面无表情,以为我是在向他告别了。他举起手来,又放下去了——他哭了……

我被他们马马虎虎地弄上了卡车,安置在一堆杂乱的家具里。我的眼泪扑扑地流着,"呜呜……带上小黄球……"一个戴红袖章的人挥了挥手,汽车开动了。

我擎着手臂,由无声的哭泣,变为痛苦的呼喊。向着那幢在蒙蒙细雨中远去的楼房:

"小黄球……"

　　这次搬离，仿佛结束了我的童年。从此我再没回到过那个地方。在毫无心理准备的情况下，我家被下放到一个边远的农场，那里没有正规学校。后来我在一个只教政治和农业栽培的学校读了两年，就分配在农场劳动了。至于童年的这段往事，我也很少再向人提起。我害怕去想——去想那遗留在管道里的书包和小狗，以及那只小狗之后的命运。而在漫长的人生岁月里，我偶尔还会梦见它——黑暗中，发着宝石般的亮光，那便是小黄球的眼睛。

（原载《延安文学》2006年第4期，原名《地下管道》）

边城旅店

许多年前,我常要途经一个叫沙镇子的地方到远地去谋生,天晚时便投宿在一家简陋的国营旅店里。旅店前面有一条柏油公路。冬天,每当载货的车队穿过茫茫戈壁从这里经过时,便扬起了漫天的雪尘,使人感到,那些车辆仿佛并没有轮子,它们是腾驾着风雪而行的。

有一回,正临近新年,一场大雪之后我往家赶路,冬季天黑得早,到了沙镇子,小旅店已亮起了灯光。我下车后便赶着去登记,天气冷得要死,当我边走边从衣袋里摸着我的住宿介绍信时,却见雪地里有一个人,想不起他是从哪儿出来的,好像一闪就拦住了我。

"有毛主席像章吗?"他这样问道。

我下意识地将手捂在了左胸前的那件东西上。路灯下站着一个约莫十四五岁的男孩儿,戴一顶护耳的旧帽子,裹着单薄的棉衣。我知道他是什么意思,那些年正是兴这个。

"噢,没有。"我打了个寒战。

他盯着我的胸前，凑得很近，哈气里有一股很浓的蒜味……这是一张被凛冽的寒风冻得通红、在西北常有的那种俊秀而不太清洁的面孔，一双乌亮的眼睛，透着渴望的神情。这神情立马让我想到手脚不干净的野孩子。

"长方形的像章？"男孩儿表情怪异地笑了，"什么材料的？"

"有机玻璃。"

"有机玻璃？噢，"他大惊小怪地说，"换不换？我有各种各样的。"

说实在的，我不大喜欢与这般年龄的孩子打交道，尤其是这种天黑都不回家的孩子，他们还不懂做人的规矩。而我又何必告诉他，这枚红像章是我用头上的帽子换来的呢？

"不换。"我捂着耳朵，边走边说。

"喂，两个换一个吧。"

他说话有些颤抖，并紧跟两步，"看看我的吧，都是崭新的，一点漆都没伤着嘞。"他用恳求的口吻，边说边在寒风中摘下了帽子，像耍杂技似的从帽子里取出一块红布。这是一条红领巾，上面别满了大大小小的毛主席像章：有正面的、侧面的、戴帽子和不戴帽子的。多是朱红色的烤漆底，金头像……在路灯下闪闪发光。

"我已经说了……"我不耐烦地摇摇头，"不换！"

"要不然，这帽子归你！"他冻得直跺脚，"你考虑一下。"

这时在旅店的正面，又出现两个孩子，从一块高大的毛主席浮雕像的水泥屏墙旁边向这边走来。我感到他们是一伙的。

见鬼！我推开他塞过来的帽子，大步朝旅店走去。身后的雪地里仍有断断续续的脚步声，直到我进了旅店，那声音才被关在了门外。

店里相当暖和，进门有个木质的旧柜台，柜台里面有个铁油桶改制的火炉子。我见老贾在值班，他的脸被烤得通红。老贾已过中年，在进门的"光荣榜"上，总能看到他那副架着眼镜的、一年比一年枯瘦的面孔。

老贾正在往炉子里添煤块，见有人进来，便放下了手里的煤铲，面无表情地看着我，就像不认识似的。

"介绍信！"他说。

我早将介绍信拿在手里，这在当时是件与我同样重要的东西。它能证明我不仅是有户口身份的人，也是有权乘车和有权住旅馆的人。我把介绍信平放在柜台上，老贾看得很认真，不亚于海关人员检查护照的样子。他几次向上翻动着眼球，仿佛每次只看到了我的一部分。

"你是……"他摘下眼镜。

"不记得了？"

"小林的老乡，对不？"他说，"怎么不戴个帽子呢？"

"帽子没了。"我说。

"噢，这要哪里去？"

"回家过年。"

这时老贾的眼睛蓦然亮了，注视着我胸前的红像章，脸上绽放出了炉火般的笑容："你这个像章子真不赖！"他压着嗓子悄声问道，"哎，哪儿弄来的？"

"用帽子换的。"我边说边搓弄着冻僵的耳朵。

"值嘞！"他点着头，用赞许的目光透过眼镜上那两块浑浊的镜片看着我，"值！再说冬天也要过去了，帽子还有什么用呢？"

老贾这么说，倒是让我感到欣慰，从头到脚也暖和了许多。不然，我老在琢磨，用一顶棉帽子换取一枚红像章，划算吗？我无法判断，在如此寒冷的季节，失去了外祖母送给我的帽子，真的值吗？尤其像今天的气温，冻得我不说后悔，竟也没了主意。世上本该有由生命去换取的东西呀，除了红像章还能想到什么呢？

"是呀，这就是最新式样。"我按捺不住地说，"这材料就叫有机玻璃，我想你一定也听说了这种材料。你看，烫金的毛主席像，还有这下面的船，这海浪，这些金字：'大海航行靠舵手'。"

说到这儿，老贾放下笔站了起来，隔着柜台伸过了他那只干瘦得令人生畏的手，毫无礼貌地拽着我的衣服，完全忽视了我们之间还有个柜台。这种情况让我突然有些不安，我甚至在提防着他的另一只手，不要变成一只鹰的爪子伸过来也就是了……其实哪会呢？人的感觉就是这般古怪。随后他那只手抬了起来，温文尔雅地摘下鼻梁上的眼镜，另一只手则谦卑地平按在胸前，以虔诚的姿态，细细地欣赏着我胸前的这枚红像章。我不得不就这样紧张地为先进工作者老贾挺了好一阵子。

老贾喘了口气，有些疲劳地回到座位上。他说下次再有红像章一定不要忘了他。听口气，他也不会再忘了我。我便顺口答应了。那时我为了能给更多的人留下好印象，除了沉默寡言，还养成了有求必应的习惯。一路上，我曾答应了不少这类要求，好在统统是不能兑现的。

这时，老贾喊小林带我去房间休息，房间都没有号，需要人领着去。他嗓门儿不小，一喊，小林便应声从走廊昏暗的一头笑眯眯地走来了。小林是这里的勤杂工，也算是我的老乡，他舅舅和我家是多年的老邻居。他们也常托我为他们之间来回带点什么。一般是，他舅舅托我给小林捎两个西瓜，小林就会让我给他舅舅带回一面袋子土豆什么的，凡这类事那时我都不拒绝。

我开的房票上注明的是：东头左边倒数第三间（顺着数第五间）。走廊里没有灯，又暗又长。小林说，到头往回数比较容易。好在每扇门板的缝隙都很大，透出微弱的亮光。小林小心翼翼地引领着我，我什么也看不见，直到碰到了墙头的一堆煤块才停下来。

摸到我房间的门时，里面已经住满了人。门一推开，一股混浊的气浪迎面而来，有五位汉子，正围坐在地中间的一个火炉边上烤火。我看看床，六张上下铺中有个上铺显然是空给我的。这些人还没睡，抽着浓烈的莫合烟，乌烟瘴气的，使我很难看清他们的面部。这些人多是些长途运货的司机，要不就是某单位出公差的司务长、保管员之类的基层小干部。他们出来多半是为了给单位采购些冬菜，或顺便买些盐巴、酱油之类的东西。有时他们也会为了弄到一点清油、火柴或肥皂什么的四处奔走。特别是年前，这类人沿途到处都是。此刻，他们每人都戴着一顶帽子，也就是往日我曾拥有过的那种护耳向上翻系的棉帽子。其实屋里用不着，炉火正旺。即便这样，其中有一个脸被烤得通红，流淌着汗珠的中年人，帽子仍然还扣在头上。近年来，这种戴帽子的习惯在本地突然风行了起来。尤其是出门在外的男人，你很少能在街上看到他们的头顶和天灵盖。另外，他们胸前也都戴着毛主席像章。大同小异，也都是当下最时髦的领袖戴着帽子的——是单帽子，是有领章帽徽的那一种。

我一进屋就上了床，床距离天花板很近，我不想看天花板，就从书包里拿出一本《革命难题一百解》的小册子来看。其实我根本看不下去，只是不习惯和这些大人坐在一起瞎侃。除了没有共同语言，不知为什么，我对他们总是敬而远之，因为这些人，大多是些处事有道、能从一个一贫如洗的社会里，搞到点儿供给之外的紧俏货的人。像是红糖啦，干海带啦，生了虫的红枣啦，用杂粮换大米啦，过年为每家弄二两清油啦。他们在单位里也往往是些自命不凡、令人"恭敬"的大能人。

"年轻人，下来烤烤火吧，"这时，其中一个人抬头向上吐了一口烟说，"不该睡这么早呵，看这炉火多好，下半夜就没了。"

"听到了吧，年轻人，"另一个粗嗓门儿的人漫不经心地说，"没人注意你的红像章。有机玻璃的咱都见过喽！"他的脸上晃动着火光。

我突然紧张了起来，仿佛有不祥的事会发生似的。但我并不是没有心理准备。脑子里冒出了一句：要命有一条，要红像章没门！不过那粗嗓门儿还没说完就被烟呛着了，咳嗽得很厉害。接着所有的人也都咳嗽起来，我也乘机咳嗽了一阵子。我忍耐很久了。

我坚持不下床，声称有黄疸型肝炎，想早点休息了。这样他们就没再哄我下去。我把脸冲里躺着，不时也听听他们在说什么。起先他们讲到了冬菜的价格，然后又讲到酱油，议论酱油散装的好还是瓶装的好。其中一个说，他跑出来三趟了，这次总算没有白来，因为他终于排队买到了咸鱼。另外还买到了一种最廉价和最受欢迎的，一毛钱一包、一元钱一条儿的红云牌香烟。但他旁边的一个人，却始终闷闷不乐，说他丢了一斤粮票，两顿没吃了。说他老婆是个难对付的唠叨鬼。这时，他对面有一个黑瘦的家伙，摸了摸狭窄的脑门，说他身上倒是有一斤粮票，而且是全国通用粮票。他提出可以用布票来换。说他这次跑出来，是专门给老婆买花布的。但他出门时，错把棉花票当成布票带在了身上。丢了粮票的那个人，说他身上没有布票。但他表示，由于饿过了头，已经不感到饿了。说两顿不吃算个述！八天不吃也死不了。他还提醒各位，存有一九六八年第四季度布票的同志，有钱要赶紧买布，有棉花票的抓紧买棉花——越快越好！不然再有一周这些票证就统统过期作废了。有人表示也着急得要命，因为兜里没钱。

　　他们说得似乎有些累了，安静了一小会儿，突然有人又提到了肥皂。结果，他们又对搞到手的肥皂质量表示了不满，抱怨肥皂不起沫儿，而且一年比一年的硬。他们甚至用玛纳斯河里的石头来形容了一九六八年中华牌肥皂的硬度。他们讲这些，我倒是爱听的，因为我跟他们没有两样，同样渴望着他们不厌其烦地一遍遍重复着的，这些能够让我们活过每一天的最基本的东西啊！我听得无法入眠。我含着泪反着胃酸。恨不得一跃而起，从床上跳下去算了！我冷静下来，是因为他们又把话题扯远了。其中，那个尖嗓门儿的人话最多，他用很重的苏北口音咬文嚼字，显得他什么都懂一点儿。说什么，他对人是高级动物的说法不能接受。"我不理解，"他说，"动物就是动物，人就是人嘛，高级动物不也是动物吗？"我听着有些累了，但其他的人都说了赞同的话。总的来看，每个人都在关心国家大事，特别是来自首都的消息：什么人物又被打倒啦，武斗啦，还有死人啦，那些年无非是这些事。谈论这些，无非是觉得从这些凌乱的、道听途说的信息中，足以推算出自己的命运。可这些事我是不爱听的。一听到这类话题，我随即堵住了耳朵，这样也就听不到了。

不过，我还是不能睡。这时屋里的可见度越来越低。灯泡像个缺了气的气球倒挂在天花板上。我转头向下瞅了一眼，不禁赫然：除了五顶浮动在烟雾中的帽子，其他什么都看不见了。我感到不安起来。窃财他们倒不至于，我怕的是什么？这里就别说了。这种东西在当时最容易遭窃。所以把戴着红像章的衣服盖在被子上睡觉，很不合适。而且，他们都鸦雀无声了，静悄悄的，只有炉火烘烘地响着——都睡着了？我用眼角的余光注意着下面的动静：从炉圈的缝隙里闪出灵异般的火光，他们仿佛都一动不动，像是几个干巴巴的陶俑摆在炉子的周围。这让我更加不安，我赶紧把红像章卷在了衣服里，压在枕头下面，可闭上眼，还是不踏实。

那年头我长期缺觉，生怕一旦睡去醒不来。所以，多年来也从没真正入睡过。我想了想，又把衣服抖搂开，把红像章从衣服上摘下来，小心翼翼地别在了我的内裤里，这才安心地睡了。这个部位很好，只要有风吹草动，我准醒。

早晨一觉醒来，那五个戴帽子的人全都不见了，炉火已燃尽，屋里空空的，冷得简直像个冰窖。除了地上留下的一层烟头和床上凌乱的被褥，几乎没有什么能显示出昨晚有人也在这里烤过火。不过我的红像章总算安然无恙，并带着我的体温，保留着它鲜红和黄金的色泽。我先在被窝里将它从内裤上摘除，再别回到衣服上，然后匆匆起床，离开了旅店。

停车场上有些货车已经在点火预热，有司机在往水箱里加热水，到处弥漫着水汽和烟雾。离长途车发车时间还有一阵子，这时，有个挺眼熟的人正在向这边走来，我注意到还是昨晚缠着我换红像章的那个男孩儿。奇怪！这么一大早，还是不死心是不是？我正想避开他，他却先躲开了我。也许他并没看见我，当时他是一去不回头的样子，渐渐地走出了我的视线。可万万没想到，就在我要上车的时候，不幸的事发生了：我先是感到身边有人晃了一下，在我毫无准备的瞬间，只感到胸前被猛抓了一把——毛主席像章不见了——是不见了！一段残留的别针，就像一条螳螂的前肢翘起在我的胸前。

我差点没晕过去。那孩子得手就跑，事实上我的反应也不慢，就差一把没抓住他，却抓掉了他头上的帽子。我攥着帽子拼命追，大喊着："兔崽子！你往哪儿跑！"结果他跑得飞快，路也熟，我虽然紧追不舍，心里却十分绝望，可我不能不追啊！我追出车场，他已经过了公路，轮到我时，刚好开过来几辆油罐车挡住了我。等我越过公路，他已经穿过了一大片雪地。我累得上气不接下气，追了有一里多地，最终停了下来——他也停下来，站在一片房子的道口处，一动不动。我远远地看着他……那是个骂他他都听不见的距离。而班车就要开了，这也是年前最后一趟班车。我只好去赶车。我向他高举起拳头，做了几个要命的动作，他才动了动，慢腾腾地走进巷子不见了。

当我攥着那顶帽子跑回来时，真差点误了车。有些同路的乘客大概已经知道了我的遭遇，普遍用一种古怪的眼神看着我，那眼光里多少还是有些同情的成分。特别是一位老汉，他甚至说了几句使我终生难忘的话来：

"你这个小同志啊，怎么会这么粗心呢？"他擎动着一只与他面孔同样苍老的手说，"你不知道旅店外面的这些孩子吗？真不知道？他们是专抢毛主席像章的呀！小同志，领个教训吧！戴着像章可是得小心！你看，我们到这儿来，都会把红像章摘下来放在衣袋里，上了车，再这样戴上——就这样，不是很简单吗？"他说着将一枚鲜红的、小得像指甲盖那么大的红像章熟练地别在了胸前。只见他那双粗大的手，在胸前僵硬地哆嗦了几下，便戴上了那枚红像章。

车刚一开，果然大家都陆续拿出了各种各样的红像章往胸前戴，车厢里也顿时骚动起一阵金属穿透布料的声音。我发现车上只有一个人的胸前是没有佩戴红像章的，那个人还能是谁呢？我低下头去。当时，要不是有些女同志在场，我真想哭。可人是不该在公共场合，特别是当着外人掉泪的，何况同座位的就是一位年轻妇女，她还有些腼腆地，请我帮她瞧瞧她胸前的一枚鸡蛋大的红像章戴正了没有。我点点头，说正了，她却不这么认为。她说："同志，给俺再瞧瞧吧。"她挺着胸，手里不安地拧动着一条方格的红头巾，涨红着脸说:"帮个忙吧！我真不希望戴歪了。"这样,我只好皱着眉头,又瞅了瞅她那高高隆起的十分对称的前胸左侧的红像章。"没有问题啊！"我说。这时,前排那位好心的老人又主动帮她看了看,老人吃力地转过身来证实了一下——我敬佩他那镇静而认真的样子。他说:

"放心吧！姑娘,你的红像章确实戴得蛮正的,虽然道路如此颠簸,车子又晃得这样厉害。"

老人说完,我的心才算和她一起安静了下来。之后,她一直把头转向车外,那是一片没什么好看的已被大雪覆盖的茫茫戈壁。在漫长而寂寞的旅途中,我几乎再没见她转过脸来。

后来我把残留在衣服上的别针摘下来,发现有机玻璃的鼻儿还连在上面。我舍不得把它丢出窗外,让它永远呆在戈壁上,便把它放进了我空空荡荡的钱包里。

当我戴着那顶旧帽子和失落的心情赶到家时,家人都很高兴,他们看着我,却没觉着我少了什么。但这在我的一生中却留下了浩劫的记忆。

新年一过,我又要离家上路了。长途车下午到了沙镇子,我一到就下车去旅店登记。老贾这回倒不错,一眼就认出了我。过了个年,他竟也显得胖了些,他高高兴兴地向我道新年好,但仍然向我伸出手来说:"介绍信?"就像是在排练话剧中的一段。我照例将手里的介绍信递给老贾。就在这时，我却发现了一件怪事：老贾胸前竟然戴着一枚有机玻璃的红像章——这难道不是我被抢走的那一枚吗？我心跳加快，呼吸困难。

老贾还是先看介绍信，这方面他从来不相信自己的记忆，再熟悉的脸，也该由证明信来说话。这样，他便没注意到我煞白得像死人般的脸。

我开了票就离开了柜台，马上去找了小林。在这样的小旅店里，谁戴上了新的红像章，大家不可能不知道它的来历。不巧，那天小林值白班，他已经下班回镇上了。我只好等待着第二天曙光的来临。

那天夜里我除了醒着，就是做着有关红像章的梦。梦里正如我想象的那样，我又从老贾的胸前摘下了那枚红像章，还开了老贾的批斗会。陪斗的是抢我像章的那个男孩儿。他们被五花大绑，站在一个台子上，遍体鳞伤。我还用一根木棍，敲打着他们的脑门，像打在木鱼上，发出咚咚的声音。醒来，我发现枕头上有不少泪痕，却不记得梦中哭过。天已经蒙蒙亮了。

长途车快开的时候，小林终于漫不经心地来了。我赶紧把他拽到一边，毫无保留地把这件事说了出来。没想到小林又告诉我一件意外的事。他说大年三十的那天上午，旅店前面发生了一起车祸。有个男孩为抢别人的红像章，卷入了车底……他说：那孩子得手就跑，可就在他穿越公路时，很不走运，刚好有一辆货车开过来。

"死啦？"我惊讶地问道。

"你说咋的？大货车呀，根本就刹不住，就这样轧过去了。"

"十四五岁的男孩儿，对吧？"

"差不多。"

我下意识地摘下帽子，惊诧得说不出话来，小林却继续在说：

"那天公路被堵了很久，旅店里的人也都跑出来围观。也不知是谁家的孩子。我看见一条红领巾，当时有人把它从血肉模糊的地上揭起来，没想到那上面别满了红像章——那么多带血的像章啊！"

小林说着又想起了什么："对了，"他说，"那天老贾也在，他还从现场的路基下面帮警察找回一只鞋呢。而事后的第三天，我见老贾就戴上了一枚有机玻璃的红像章。这件事后来也引起了旅店同志们的注意。大家倒不在乎那像章的来由，而是注意到那枚红像章总是从老贾的胸前脱落下来，当众掉在地上，搞得老贾很紧张。后来我发现，那个像章的背面没有别针，是用白胶布粘着一个大头针固定的。"

小林说了许多话我都没听进去。我想起钱包里的那个别针，便找了出来：

"你看，它在这呢。"

"哦？可是……"

小林带着疑惑的目光，我看离发车的时间也不多了，就请他把这个小别针交给老贾，叫他不用说什么：给他就是了。完后我和小林匆匆告别，离开了旅店。

外面天气很好，大片雪地在阳光下泛着刺眼的白光。我上车后，远远地见小林和老贾正从旅店里匆匆走出来，边走边在张望，就像是在找我。他们一直走到旅店前面那块水泥修筑的浮雕屏墙下面才站住了。远远地，我恍然发现那面高大的屏墙，不过是一枚放大了的红像章。它和我失去的那枚像章竟没有什么不同：同样是在红色的底子上有一个领袖金色的头像，下面是一条大船，船上有一排"大海航行靠舵手"的大字。远远地望着，显得那下面的小林和老贾那么小，并随着汽车开动越来越小，直到他们被融进了那枚像章里。

（原载《北京文学》2006年第8期）

时　差

一

　　这是在飞机上了。我想睡一会儿，可这办不到。我旁边有一位女士，在看一本杂志，她时而掩卷合目如同祈祷，时而又使这本杂志和一双白皙的手臂呈现在聚光灯下。机舱前面在放电影，刀光剑影，却静寂无声。我闭上眼睛，脑子里出现了一条街道。这是北京的一条胡同，胡同不宽，最窄的地方只能错过两辆平板车。往东有个菜站，菜站的后面是一堵墙，这堵墙一直延伸，一棵槐树使它有了一个拐角。许多年前，我就是在这里等待过一个叫杜梅的女孩儿。那时，每当电报大楼的钟声敲了七响，我便出了院子，匆匆往东走，绕过打了烊的菜站，我便希望能看见她了——和往常一样，留着齐耳的短发，穿着开领的小短衫和边上有系带的喇叭裙，纤瘦的个头，清秀的眼睛。记忆中的杜梅就是这样的。

　　每当黄昏消失，我便被一种异样的心情侵扰着。这时行人稀少了，街灯不是很亮，胡同里也常有着不错的月光。寂静中偶尔有自行车清脆的铃声，在这波动的夜光中，它仿佛是一只巨大的金属蜻蜓，敏捷、快速地从这清凉狭窄的胡同里一掠而过——随后便是一片寂静。我们在那棵老槐树下，我们呆在这里，有时能听见郭冬跟张夏在菜站旁的路灯下侃大山。他们总爱津津乐道地谈着诸如电视机、录音机的事。说谁谁家有了彩色电视机，黑白的淘汰了。

"你穿多大号的鞋？"

"四十号的。"

"有四十？你的脚比我的还大。"

"多新鲜——我看您的脚。"

风中带着菜蔬霉烂的气味。

这时，一位中年的空姐正站在我旁边。她推着餐车，弯着身子问："先生，要鸡肉还是牛肉的？"我要了一盒牛肉饭，外加一杯果汁。顺便我又请她多给我两张美国大陆航空公司的餐巾纸。我在上面临时记下了一两个想起的人名。用完餐后，我从包里取出一个小本子，这是一个很旧的电话本，里面记载着我过去认识的人和他们的电话号码。我知道，这些号码多已作废了。因为密密麻麻记在这里的号码，都比现在的北京号码少了一位数。我注意到，有一个号码还是胡同里的传呼电话。当时，守电话的是个姓白的小老头儿，他没胡子，人很勤快。据说他早年是宫里的太监。我有时在外面打给他，请他跑一趟，去叫郭冬或者是杨拐子。不然，就是去二十八号院，告诉一声我妈，说我不回家吃饭了。而更多的情况下，我是请他去七号院。去叫一趟杜梅。只要顺利，等不了一阵子，我就能和杜梅说话了。这时，我耳边有了白大爷的声音：

"你等着，我去叫她……"我攥着电话本，知道这是幻觉。

我继续翻动着发黄的纸页，终于找到了郭冬的电话。只有这个号码被钢笔画掉了，旁边新注上去的，是他最新的手机号。我心里踏实了许多。

我合上这个小本子，想起一些遥远的日子。有一回，我是去郭冬家下围棋，没想到我跟杜梅的缘分就从那天开始了。我们坐在敞开的窗前，外面的光线很好，院子里传来流水的声音，杜梅在水龙头旁边洗衣服。她坐在一个板凳上，修长的两腿之间，是一个飘动着白色泡沫的水盆。她赤着脚，穿了一双塑料拖鞋，她不时撩起裙子，用水桶在水龙头上接水。我是在等郭冬走下一步棋，心中却被一种莫名的思绪搅扰着。郭冬举棋不定，手里把弄着棋子，这时却不着边地说："你帮个忙吧——你不是会木工吗？她家有点活儿，我答应她妈了。"他边说边朝窗外望望。我见杜梅正站起身来，展开了一件果绿色的衬衫，把它晾在一根绳子上，水汽在阳光里弥散开来。

"她妈是做衣服的。对吧？"我明知故问。胡同里谁不知道杜梅呢？除了这些，其实，我还知道一点点她父亲的病情。还有，她是她家的独生女。也就是这样，我们并不熟悉。而且，我始终都没和她说过话。

两天后，我带着一些木工工具来了，杜梅家深嵌在这个大杂院的最深处。我在她家门口停了自行车，取下工具，听到了屋里缝纫机轧轧的响声。不过，杜梅给我开门时，把我吓了一跳。除了有些不好意思，还没想到屋子这么窄小。里面除了中间有一块很小的活动空间，其他都被床和家具之类的物品挤满了。里屋没有门，只有一个撩起来的布帘子。光线昏暗。缝纫机的声音正是从里间小屋里传出来的。杜梅请我进去——她看着是挺快乐的样子。她说她认识我们院儿里张夏的妹妹什么的。她还说了句什么，我没有听清，但她是有点羞怯的。或许她看出我不够放松。因为，她妈也在跟我说话。她手里拿着一个蓝色的单只袖套，一再表示谢谢我来帮忙："真是太麻烦您了！"她说。

这时，她爸爸正咳嗽着，从一张嘎嘎作响的床上坐起身来，很虚弱的样子。我放下工具，上前把他扶到一把椅子上。原来就是这张床坏了。杜梅说夜里它老是响。我先检查了一下，这还是一张硬木老床，只是榫头松动了。我先把一根用来固定捆绑床头的绳子解开来，又清除了几根钉子。接着，就丁零哐啷地把它全部拆散了。然后抹上胶，加了木楔子，没多久床就修好了。我看看墙上的表——但我不敢相信，不足两刻钟。为了能再多呆一会儿，我又主动提出修理了一把椅子。椅子修好之后，我发现他们家的纱窗也坏了。杜梅一直在帮我打下手。用一双漂亮的、极尽完美的手给我递工具,还用这双手不断递过茶水和毛巾,使我做起活来,几乎感到自己是个幸福的人了。而且,要做什么也就可以做什么。之后,我又更换了天花板上的一根日光灯管。完了,我又提出了新的建议。不过这是个细活儿,需要她帮我看着点儿。我先把墙上东一张西一张,至少二十多张,杜梅父亲在工厂获得的奖状摘下来,分类。我先把"劳动模范"从"五好工人"里挑出来,把"先进生产者"和"质量标兵"区分开来,并按时间年份重新排列,再整齐地挂在了靠床的那面墙上。原来的位置换上了"全家福"和一张邓丽君的招贴画。我干了不少活儿。不知不觉,暮色已经降临。当他们叫我共进晚餐时,我的脸一下子就红了。我只好匆匆告辞。后来听郭冬说,当时他看见我从杜梅家出来了,他打开窗户叫我,我竟然没有看见,也没听见。尽管他又冲着我的后背吹口哨,可我推着自行车,眼睛只注意着自行车滚动在坑坑洼洼的地面上的轮子。我知道,那一刻,我的心变成了一张白纸。这张纸上,只有一个亭亭玉立站在屋前为我开门的杜梅。后来,在接近五一劳动节,一个说不下雨又下了点小雨的晚上,两张电影票使我和杜梅有了第一次约会。

我们只要在一起,时间便飞快地过去了。

有时电影一散场,杜梅就要回家了。她总是会有点什么事情还没做完。她一展开纱巾,我就知道她要走了。她常常是匆匆忙忙地离开了我。她的事情真多,什么给父亲熬药啦,给衣服锁边、钉扣啦。我知道她的手很巧,她要去面对着一些零碎的布头,琢磨着把它们变成一条围裙,或者是一个布娃娃。在我的记忆中,常常会出现在那个拐角、等她从胡同里走来的那一刻。那一刻,胡同沉静在古老的斜阳里,在青绿色的柿子树的上方,群鸽带着鸽哨正嗡嗡作响。那一刻,她终于顺着东面的街墙向这边缓缓走来。"对不起,我又晚了。"她说话时红润的脸上带着汗迹。我拉着她的手,或把它贴在我消瘦的面颊上,这样我也就猜得出,她又忙了些什么。因为这双手有时很热,有时却冰凉,而有时会带着草药苦涩的味道。

"你爸的病好些了吗?"静寂中我这样问她。

"这服药服完了,大夫说要先停一停。"

我们顺着昏暗的胡同往另一头走去。我们一会儿走入槐树的阴影里,一会儿又走在暗淡的路灯下。我们以走路的办法来维持着两个人的世界。但我们只能窃窃私语,因为胡同里很静,胡同里从来也不适合大声喧哗。我们从一个胡同走向另一个胡同。除了走走,还能做什么呢?

有一天,我们离开了胡同并且走得很远。

这是一个周末的早晨,我们带了午餐和采蘑菇的袋子来到了西山。快到中午了,一走进林子,我们就被四周的景色迷住了。我拉着杜梅的手,大概走进了一个山谷。周围是枫树和针叶松,林子很深,四周一片寂静。天空蓝得有点儿令人生疑。除了远处布谷鸟单调沉闷的叫声，幽静得叫人感到兴奋。这样，没走多远我们就不想往前走了。我们找到一处僻静的地方，上面是被枝叶分解了的天空。可就在我们企图拥有这片林子全部宁静的时刻，杜梅却惊觉地抬起头来，她一把抓住了我的手，机械地推开我——出乎意料，这林子里居然是有人的。我注意到了，在一些巨石的附近，或是大树的旁边，都是有人的。而且，好的位置基本上都被占去了。如果不是听到有人在小声说话，根本不知道有一对男女距离我们只有五米远。但一眼望去，他们的服装却正像迷彩服，融入了这片神秘的仲夏之林。我们只好站起身来，清理掉身上的干树叶儿，往林子的深处走去。奇怪的是，无论走多深，里面总还是有人的。我们只好不停地走，直到杜梅在前面突然叫了一声，我才停下来。我以为她发现了蘑菇，谁知道，她差一点儿踩到了别人摆在草地上的野餐。她从草丛里跑出来，脸色发白，好像是做错了什么。这使我们又一次改变了方向，顺着背阴的山坡走了一阵子，最终进入了一片真正幽静的地方。当我们越过了一个低矮的山头，杜梅还真发现了一窝蘑菇。"我怎么就看不见呢？"我问。她得意地和我拥抱了一下，腿都离开地面了，我把她放下来，把蘑菇采摘了，放在袋子里，继续往前走。周边的植被更加茂密了。但走着走着，路却突然消失了。意外的是，当我们小心翼翼地走进一处浓密的灌木丛时，却看到了不该看到的事情，正在那里发生……

这次，我们是默默地离开的，假装什么也没看见。我们理解眼前发生的一切，所以我们深感抱歉地背过身去——背过身去，也就刚好可以遥望着远处的北京城了。

"咱们回去吧。"杜梅说。

我们又用了半小时才回到最初进山的地方。在这里，我们还是决定与一对情侣共同分享一棵高大的白皮松的树荫。他们坐在树的那边，我们坐在了树的这边。总之，我们都坐在树荫里了。只是空气有点干热，狗尾草都耷拉着头。寂静中，阳光正无声地透过树叶，像一些插在草丛里的闪光的金属。空气里散发着草木浓幽而顽固的气息。这种气息几乎让人透不过气来。我脱了上衣，而且，把鞋也脱了。当我像丢垃圾一样把它们丢进草丛里的时候，杜梅也脱下了她的红外套，露出一件月白色的紧身的小短衫。

就在这时，有两个留着小平头的男人突然出现在一条被草丛覆盖的小路上。他们显然是在向我们这边走来，而且一直走到了我们的眼皮底下才停下。从他们的眼神和表情来看，好像我们坐错了地方。其中一个瘦高的、喉结极为突出的人，装腔作势地问我们是从哪里来的。我说是来自北京的。怎么来的？骑自行车来的。北京哪里的？西城的。西城什么地方的？我说是西四的。可他马上又问：西四哪里的？我斜了他一眼，问他要干什么。他说他们是护林办公室的。问我有什么办法来证明我说的一切。

"在这里乘乘凉，还要证明吗？"我气愤地问，"为什么不让其他人也来证明一下？"

大喉结突然睁大了眼睛，问其他人在哪里，我斜了斜脑袋，指了指身后的白皮松。结果，他们立刻去了白皮松后面。回来说："这林子里除了你们，没有别人！"我看了杜梅一眼——真是见了鬼！"刚才还在的。"可他们不信，好像谁在撒谎。大喉结对着林子大喊了两声：

"林子里有人吗？有人就说话……"

没人回答。再喊，还是没人回答。大喉结从兜里拿出一个本子，说要罚款。我问他为什么。

"因为你们在这里采蘑菇！"大喉结说，"这里一草一木都是国家的——成年人，不知道吗？"

杜梅看看我，我看看大喉结。大喉结说，由于这是事实，他们不得不按照上级的规定处理。要是有意见，可以跟他们去山下林管办公室走一趟。我们只好答应了他们的要求，掏出一块钱，交给大喉结。随后，他们一前一后走下山去，消失在那条被青草覆盖的林间小路上了。

后来，在相当长的时间里，杜梅都不能忘记这件事。当年，我向她道过歉，是我把她带到了那片看似幽静其实不然的林子里的，是我坚持说林子里有蘑菇。那也是唯一一次我们走出了胡同去往郊外的经历。后来，我们再也没有离开过城里。另外，我们始终也没能做成什么事。其实，那个年代，并非有什么不同，而是除了那个拐角，这座城市根本就没有属于我们的空间。有一回，我在黑暗的

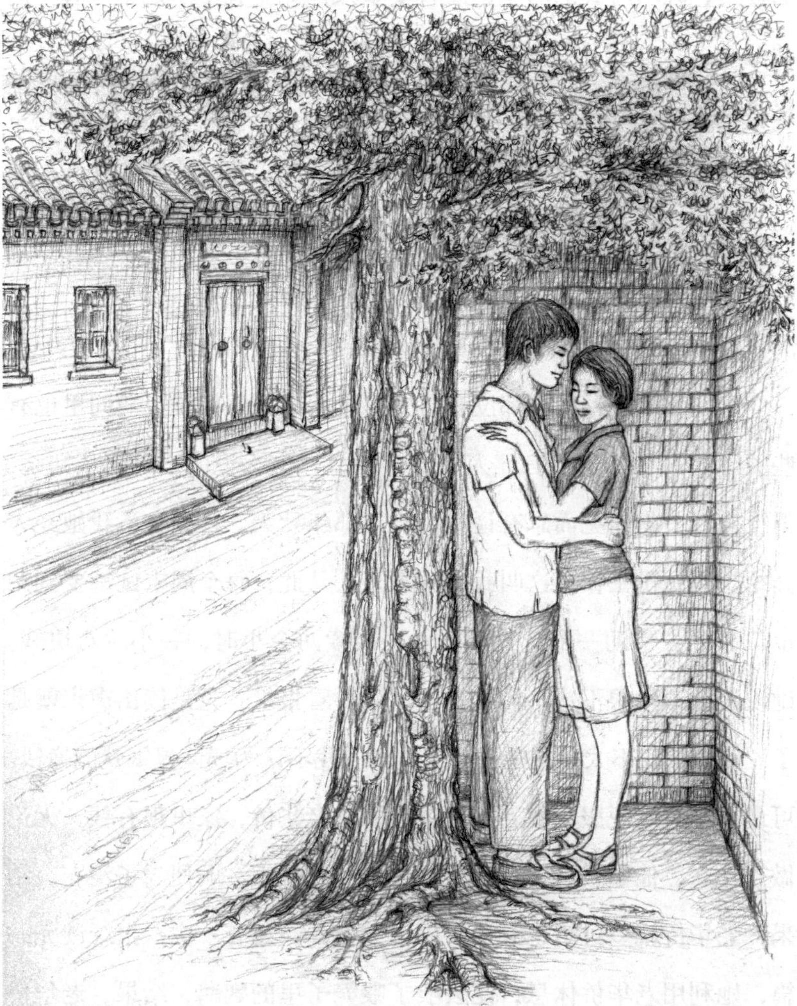

角落里，向杜梅提出了不恰当的要求，她不说话，却松软地瘫在我的怀里，轻叫着我的名字，简直要坠入深渊。我不断地答应着，但却毫无办法。我只好把她挤在我和那棵老槐树之间……她的身上滚烫得要命，散发着一种难以形容的气息，让人透不过气来。结果，我们被自行车的铃声惊醒过来。她猛地推开了我，致使那种久久想往、足以震撼人心的神秘的一幕只打开了一半。后来想想，那次叫我们一起感受到的，该算是一次美好而尴尬的记忆。

有许多日子，我们都没有再去那个拐角了。据说，胡同里也有些关于我和杜梅的传言。人家说了什么，怎么说的，我无从知晓，但杜梅对去拐角见面总有说辞。直到那年秋天，杜梅告诉我她经人介绍找到一份工作。这叫我有些意外。从此，每个周末她都要到菜市口去，去帮助一个老人读报。一次读两个小时，一小时八块钱。她说这个工作很不错，何况自己也需要看报纸，只是读出声来就是了。起先，我不太赞成她去做这件事。我不认为读读报纸就能挣钱。可最终还是她说服了我。她说这是一个老华侨，家里很有钱，无论做点什么，他都会付钱的。有一次她读完报纸，顺便浇了浇花，结果，老华侨就多付给她五元人民币兑换券。还有一次，报纸读完一篇，她利用老华侨休息，便去喂了喂笼子里的鹦鹉，结果，老华侨又多付给她五元港币。老华侨性情平和，喜欢年轻人，年轻人来了他都欢迎。有一次，我跟着杜梅去了一趟这位老华侨家。老华侨住的是一个独立的两进四合院儿。我从来没进过这样有意思的院子，简直就像个小植物园。而且，这里的植物长得都非常好，不知是怎么管理的，几乎见不到一片发黄的叶子。在进门的影壁旁边，有一棵很老的柏树。里院有两棵玉兰，一棵开白花，一棵开紫红花。在靠近走道的一枝树杈上，挂着一只精致的鸟笼，里面养着一只虎皮鹦鹉。我们刚靠近鸟笼子，鹦鹉就说话了：

"欢迎，欢迎……恭喜发财！"

真是笑死人了，它竟然带着北京腔。主人真会养。它长得很可爱，一身美丽的羽毛。我和杜梅正在欣赏它，它仰仰机灵的小脑袋，突然又说：

"一国两制——一国两制。"

杜梅兴奋地要它再说一遍。结果，它说了几句"一国两制"，又和我们说起了英语："Good morning."

我们也跟着它说："Good morning."

但它似乎不太满意。接着就发出了刷牙漱口和清理嗓子的声音。我们撒腿就跑，它便冲着我们的后面吹口哨。

我们轻轻走进了正房靠东边的一个屋子。这时，老华侨正躺在一个大号的双人床上。没想到他双目已经失明。听到有人进来，他朝向有光亮的方向，礼貌地点了点头，苍老的脸上显出慈祥的笑容。他抬抬胳膊表示欢迎。他的老伴——一个瘦弱的，总是双手合十、点头微笑、带着广东口音的老太太给我们沏茶。

杜梅坐在靠床边的一把小椅子上，她打开了报纸，开始读新闻，然后，再读其他版面上的内容。老华侨气质不凡，生有一对大耳朵，只是有些背了。我见杜梅读报时也并不轻松。因为，她总要向前倾着身子，不断地凑近他，把报纸上的内容，一句句地灌进老华侨的耳朵里。有时读完一篇，老华侨会抬起手来，要求再读一遍。这是《人民日报》刊登的邓小平一九八八年九月五日会见捷克斯洛伐克总统胡萨克时的谈话：

世界在变化，我们的思想和行动也要随之而变。过去把自己封闭起来，自我孤立，这对社会主义有什么好处呢？历史在前进，我们却停滞不前，就落后了。马克思说过，科学技术是生产力，事实证明这话讲得很对。依我看，科学技术是第一生产力……

我坐在一个靠着外廊的窗前，院子里玉兰花正在绽放，大黄蜂在花团里嗡嗡作响。我放下手里的茶杯，沿着长廊漫步到院子里，这里摆满了月季、兰花，还有仙人掌。房檐上有两只麻雀跳来跳去。我走到玉兰树下仍然能听到杜梅的读报声：

……为此就必须开放！否则，不可能很好地坚持社会主义。拿中国来说，五十年代在技术方面与日本差距也不是那么大。但是我们封闭了二十年，没有把国际市场竞争摆在议事日程上，而日本却在这个期间变成了经济大国。

杜梅读完一篇，准备读另外一篇时，老华侨已睡着了。

杜梅有了工作之后，比过去更忙了。有一次，我在拐角等她，电报大楼的钟声早已敲响，还没见她过来。我带着两张大华电影院的电影票，揣着一个芝麻火烧，直到钟声再次响起，她这时才来，焦虑的脸上带着汗迹。

"你怎么了？"

我给她芝麻火烧，她摇摇头，说她爸爸又进医院了。昏暗的光线下，她那双美丽的眼睛，就像是两片溢满了水分的青苔。

"医生说，这一次……"她说着眼泪就止不住了。

"去看看西医吧。"我说，"不能太迷信中医了。"

其实，我并不了解杜梅父亲的病情。在病倒之前，他是一家灯具厂的烤漆工人。这是好多年前的事，据说他是病倒在烤漆车间里的，后来一直呆在家里养病。每次我去杜梅家，总见他躺在我修理过的那张床上，上方就是满墙的劳动奖状。而她的母亲，仿佛永远低着头，在那台缝纫机前做衣服。夜里很晚了，有时，当我去郭冬家下围棋时，还能隐约听见那台缝纫机走动的声音。然而，时间并不长，杜梅的父亲在一个冬去春来的季节里过世了。这是我离开中国的前一年。杜梅的父亲过世以后,她顶替她父亲去了灯具厂,做了烤漆工。

二

飞机开始下降了。出了云层,外面在下雨。

我推着行李经过一个新机场的通道,在出口接机的人堆里,我发现了两个老人:一个是我的叔叔,另外一个是我的婶婶,没想到他们还是来了。

他们都明显老了,特别是叔叔,腰已经弯了,看着比婶婶矮。过去他们是一样高的。叔叔显然是缺钙,人干瘦干瘦的。此刻,他正站在婶婶的后面。婶婶倒是胖了,头发染得很黑,她的笑容叫我恢复了许多记忆。我走那年他们还都骑着自行车上班呢,现在他们已经退休了。

"不是说了不用来接吗?"我上前向他们问候。

"在家呆着也是呆着,"婶婶说,"何况,怎么能不来接呢?我们现在住的地方,连司机都抱怨找不着。"

出租车出了高速公路,雨正迅猛地飘洒起来,远处的建筑隐现在蒙蒙的水汽里。我凝视着窗外,认不出这是哪儿了。前面要去的是婶婶的新家,婶婶过去住在离北京火车站不远的一条胡同里,附近就是古观象台。现在,汽车正经过一个花坛,一块草坪,然后又是更大的花坛，进入一片塔楼区。应该说，什么都是新的。我们进了电梯，瞬间就上了二十一层。

一进屋，我就认出了一张榆木的八仙桌。这张桌子是我熟悉的，许多年前我就是趴在这张桌子上，完成了小学一年级到初中三年级的家庭作业。我看看周围，客厅里的沙发和靠墙的一个多宝槅木架是新的，窗台前放吊兰的花架子是旧的。另外，还有几样旧物件我得提一下，这些东西过去都曾是我家用过的。其中有两个樟木箱子，一台旧缝纫机，一个书架和两把柴木的小凳子。我进了厨房，看见了我妈用过的高压锅。另外，我还认出一把汤勺和一个盛砂糖的有蓝花的瓷罐。见了旧东西总是叫人心里不能平静。我是个心重的人，在心重的人眼里，看到的旧东西也不仅仅是东西，而是缕缕时光吧。我清点着，同时也感叹着人生！幸亏有叔叔婶婶继续在使用这些东西，不然，使用这些东西的又会是谁呢？

茶几上摆了不少药瓶子和一个旧式的血压计。婶婶把我带进书房，这里安好了一张床，这张床也是我睡过的，床头上绘着两只熊猫和几根竹子，熊猫看着有些脏兮兮的，但还是老样子，仿佛在等我，显得很执着。

婶婶让我休息一下。等她关上门，我又取出了那个电话本，试着打了几个过期的号码。只有郭冬的手机通了。意外的是他并不在北京，却在上海。他说他一般都不在北京。原来他正在和上海的一家公司谈生意。我回来他感到很意外，说我应该先打个电话。我告诉他，他的电话不是占线就是关机。他问我为什么一直不回来，现在回来了。是不是回来做生意？我避开他的问题，说我这次回来纯属是探亲访友，时间是两周。我希望他能明白，两周的时间不是很长，另外，这次回来什么都不想干，只想和大家聚一聚。

"你说的大家是谁呢？胡同都不在了。"他说。

我随即说出了胡同里的几个哥们，其中有拐子。

"我不想搭理他！"提到拐子，郭冬显得有些情绪，他说拐子并不是我记忆中的拐子了，他现在是私人企业家，有关他的报道挺多的。他还说，有些人，我不走，我会忘记得更快。我接着又提到两个人。郭冬说这两个人，一个早就去了日本，另一个死了。

"张夏死了？"我十分意外。

"车祸。好多年了。刚买了新车就出事了。李永田家的那条胡同也拆迁了，没打声招呼人就走了，之后，就再没下落。另外，楼大明被判了十三年。"郭冬停了一下又问："你还想见谁呢？"

我一下子想不起谁了。我跟郭冬说，一个人回到他过去的地方，是与那里的一些人名、地名有关的。不然，天下的流浪者怎么都有回归的梦想呢！我有些激动，攥着电话，不知道自己都说了些什么。等我平静下来，似乎是很小心地才问起了杜梅的情况。

"杜梅？"他笑笑说，"多久了，还记着她呢？她现在可是大老板，你没听说吗？她一直在做服装生意。除了北京，上海和深圳都有她的分店。"

"哦，你有她的电话吗？"我问。

"有是有，但很不巧，她的电话应该是在我的电话本里，那个本子没在身上。不过，你放心，我会尽快和她联系。告诉她，你回来了……我还是胡同拆迁那年见过她一次，在那之前，其实她早就不住我们院儿了。后来她母亲也过世了，我们就很少再联系。前些年有人说她去了深圳，在那里做服装生意。后来，知道她又回来了，在北京开了分店。我为什么事情还去找过她，之后就再没有见过她了。这次我们一起去找她好了。"

我赶紧说："好的，拜托了！我的时间还挺紧的呢。"

"放心吧，时间来得及。"郭冬岔开话题说，"你也早该回来看看了，现在这边挣钱的机会挺多的。"郭冬谈起了他自己。

郭冬是我唯一没有断了联系的朋友，我始终把他比作一根线。多年来，我拽着这根线，如果这根线也断了，等于我和过去的一切都断了。时间久了，只有走过来的人才能证明彼此的记忆。郭冬就是能够和我互相证明彼此记忆的人。所以，我无论走到哪里，总会通知郭冬，告诉他我在人世间的具体位置。郭冬理解我，他能解透一个远在他乡、四处游荡人的心。这些年他混得不错，大概挣了些钱，这是以往在电话中从他说话的口气里所能感受到的。郭冬说他又在搞一个项目，如果成了，他想以投资移民的方式成为我在美国的邻居。听着像是说大话，但我信。郭冬列举了一些发财的例子，都与各种项目有关。最后他说，他马上要去和一家公司的首席代表见面。对方的人马一会儿就到，他要准备准备，等晚上回到宾馆再跟我聊。

挂了电话，我有点儿困了。这时，婶婶送来一杯热茶和一份《北京日报》。她看看墙上的石英钟，把一个印有"一九八四年北京印染厂先进工作者纪念"的搪瓷杯放在我旁边的书桌上，说："喝点儿茶，现在可不是睡觉的时候，不然时差就倒不过来。"

婶婶说得对，我靠在枕头上，看了几个标题，眼睛就再也睁不开了。

醒来时，窗外已经暗了，雨小了许多。婶婶在隔壁跟几个新搬来的住户打麻将，是洗牌的声音把我弄醒的。风从窗口吹进了，我望着天花板，能感到身处在一个高耸入云的位置。

郭冬的电话还没打来，我起来后又试着拨了几个号码，这样，天也就黑了。霓虹灯的光亮从城市的上空透过窗帘晃动在墙上，衣橱的上方有一张很大的照片，我凑近时才看清，是我的父母。他们成像在一张发黄的相纸上。我没见过这张照片，看着是夏天照的，光线不错，玉兰树的叶子油绿绿的，父亲坐在美人蕉旁边的一把轮椅上晒太阳，母亲正将一小勺的水果罐头送进他的嘴里，他看着没有牙了，咀嚼困难……他们的样子与从前相差甚远。我知道他是不喜欢吃水果的，性格固执，从不接受母亲多吃水果蔬菜少吃肉类的建议。我端详了一会儿他们留下的这生活瞬间，他们都是在我漂泊的岁月中离世的。怎能想到，那年在北京机场竟然是最后一面。

我走的那天，就像是有人要去当兵，邻居们一早都来了，只是居委会的人没有出现。我在屋子里打包，看见人都在院子里。先是张夏，接着郭冬和杨拐子也来了。这些人，除了张夏有一份临时工，其他人都没什么工作可干，杨拐子还在北京残联下属的一个职业训练班里学会计。他三岁那年患了小儿麻痹症，后来行动成了问题。其实他很聪明，这几个人里，他也是最用功的。印象中，他一直在上函授大学，上技校和各类补习班。当年，见到路边有招生广告，他都要停下来看一看，用拐支撑着身子，从衣兜里拿出纸和笔，记下广告内容。一年下来，他总能拿到一些五花八门的毕业证书。有一天，他又毕业了。他拄着拐，甩动着一条腿，进了胡同。不同的是，身边多了一个漂亮姑娘。听说姑娘是他的同学，他们谈笑风生地穿过胡同，最后进了他家住的院子。从此，姑娘每天都会和他穿过这条胡同，风雨无阻，直到两人结了婚。比一比，郭冬当时的情况最不乐观，年轻轻的，却老是心事重重，为了一份工作四处找门路。

那天，张夏和郭冬也跟着去了机场。去就去吧，只要车子坐得下。但杜梅没有来，这是我没想到的。我知道她那天上白班。按说她一定会请假来送我的。我们等杜梅等了很久，再等下去真要误飞机了。

杜梅最终还是没有来。我在机场出关前的最后一分钟还在等她，我想跟她再说说，分别是暂时的。离开，并不是她认为的那样——我出走的心已经超出了我对此地所有的爱。她是前一天上夜班，在工厂的电话里跟我这样说的。我想,在我选择这样一条路要去走的时候,我还能跟杜梅说什么呢? 其实,我知道,没有什么语言能安慰杜梅了,也同样安慰不了我自己。我并不清楚要在天上飞十多个小时,其间换两次飞机,最终降落在美国纽约肯尼迪机场,将是一个怎样的情景。我只知道我要去走这条没走过的路了。

"你走吧,"她说,"我知道你没有不走的理由了。"虽然,电话里我看不到她,但我知道她在流泪,她说:"想着我 ……"

其实,没走出海关我就开始想了。我拖着一个塞满了生活用品的行李箱,为了省钱,为了迎接前面的新生活,我不得不把箱子尽可能装满。我带足了小到牙膏牙刷、大到四季换洗的衣服。除此之外,还有板蓝根冲剂和清热解毒胶囊一类的东西。以至临走时,父母二人还在争执不休,为了要不要再带几包方便面,你一句我一句的,谁都不能少说一句。结果,父亲一句没接上,母亲便将手里的两包方便面和几块固体酱油塞进了我的箱子里……

我转身望去,我爸和我妈还在海关入口的铁栏边上,他们挤在那里,仿佛要占据那个位置。表情无疑地流露着这将是最后一面的可能。没想到我的感觉是对的 …… 我走出几步,又回过头去,他们还在那里张望。张望,算是他们留在我脑中的最后一幕。

这时,婶婶开门进来了,"醒啦?"她说,"去吃碗馄饨吧?"

"好吧 —— 可我不饿。"

"趁热吃点吧。另外,过两天去看看你的父母。"

"这儿离凤凰山公墓有多远?"

"开车一个多小时。"

三

也许是在飞机上着了凉,不然便是时差的反应,我感到头疼,全身乏力,症状很像是感冒,但不发烧,只是流泪。下午症状加重,黄昏的时候眼泪夺眶而出。

我躺在床上——这是第三天了。症状开始缓解。婶婶进来和我聊天,她一坐在书架旁边的椅子上,便进入了沉思。她讲起了这些年来身边发生的事情。首先她讲到我爸和我妈,讲到我走之后他们平静而幸福的生活。讲到他们曾经怎样数算着一个值得期盼的日子。其中,讲到了退休和工厂倒闭。讲到高血压和一次严重的肺炎。讲到药费,讲到水费,讲到电费和冬季取暖费。讲到帕金森病,接着又讲到了骨折。讲到激动时,她仿佛是在指控人生。她讲了我在美国等待绿卡期间,他们是怎样一天天衰老,直到相继过世。最后她讲到了叔叔的腰,并详细说明了叔叔的腰再也没能直起来的原因。她一口咬定,叔叔的腰就是那场大搬迁弄坏的。她说:"你还记得丰收胡同吧?当它搬空时,就变成了一条死街。接着推土机把胡同变成了废墟,这些被粉碎的故居老屋,夜里又被装进大卡车运出城外。

那些日子，每天都得用抹布一遍遍地擦洗着飘进屋里的尘土。起先，不知是哪儿刮来的风，说我们的胡同将要永远保留，不再往下拆了。结果，没这么回事儿。据说这家开发商很有实力，上面也有人，他们打通了所有的关卡。隔了没多久，院墙外面也被用白灰写了个'拆'字。接着搬家的车辆开始进入胡同，一家家的，室内的东西被搬到街上，空气里散发着雨后家具潮霉的气味。街坊邻居互相招呼着告别，有些人边流泪边留下新的地址。我们是坚持到最后才搬的！"婶婶说，"我们离开的时候，胡同已经空了，只有几只鸽子呆在电线杆上。"

吃罢中饭，婶婶过来说有个年轻人在客厅里等我。听到有人来，我才感到精神好了些，"回来还没见着个人呢。"我边说边走进客厅。但来人我并不认识，他说："是的，我们是不认识，我是受郭冬之托。"他有外地口音，穿了一套深蓝色的西装，没打领带。他从沙发上站起来时显得个头不小，身上有一股流行的香水味儿，他称我大哥。他说："大哥，我姓刘。"我请香水刘坐下来。婶婶在端来茶点之前，先去打开了窗户，两边一对流，香水味儿很快也就稀释了。香水刘说了他的来意，表达了朋友郭冬的关照。他问我回来有什么要办的事儿没有。我说事儿倒是没有。他说，那你回来干什么？我说，算是探亲访友吧。他问我有没有带个生意项目回来做做。我说没有。他又问我在国外做什么工作，读了几年书？由于他说的我都没做，或者说我做了太多的事情，以至难以陈述，我只好告诉他我是个艺术家。他抻抻西装，靠在沙发上，又说：既然回来一趟，要不要去医院做个体检？我知道在美国看病挺贵的，一般都看不起。我说，身体状况还好，你所看到的——如果有什么，大概是时差的原因吧。他又问我的牙怎么样，说现在回国补牙的人挺多的。我说牙没问题，原来有过一个洞，后来补上了。他又问洞有多大，花了多少钱。我虽然不想聊这么细，还是介绍了那个洞曾经有多大，花了多少钱。他仰起头来，瞅了瞅天花板，说出了中美两地补牙的价格差。他拿起茶杯喝了几口茶，笑着说：

"郭总吩咐了，叫我关照你。我知道大哥跟郭总是老同学，在一条胡同里长大的。有什么事只管说，凡是我能办到的。"

我见香水刘是个办事认真且有诚意的人，便告诉他，我这次回国，除了探亲访友见见老朋友，没有其他目的。他说："见熟人可以，但我也只能跟大哥这么说，试一试。城市越来越大了，找人不像以前那么容易，当然，大哥真想见谁，是不会见不到的。现在咱们走吧。"

"上哪儿去？"我问。

"大哥，带你去转转，看看北京的新貌吧。"

他说着转过头去，看了看窗外。我也看到了，有几朵白云，正从蓝天上飘过，看着使人兴奋。

我坐上了香水刘的黑色奔驰车，很快就出了社区，朝着他认为最值得一看的景点出发了。我们参观了几条繁华的街区。他还陪着我看了一些建筑群。接着他还想带我去看中华世纪坛以及奥运会主场馆。我一看表，快十二点了，我实在坚持不住了，便告诉香水刘，我们去看看别的吧。

"大哥想去哪里呢？"

"我想去找找——对了，去看看我家住过的那条胡同吧。"

"不用看了。"他说，"没记错的话，那条胡同几年前就被拆了。"

"我知道，去转一圈吧。"

"没问题，不过那里什么都没有了。"

他说完就沉默了。直到经过一段高架桥时他才开口道：

"你看吧，这个位置应该就是大哥说的那条胡同了。"他说着看了看后视镜。我转过头去时，一架新型的高架桥正被甩在了后面，远处是一些新建的楼群。下了桥，车子转了个弯儿，路边出现了饭店和楼房。香水刘说："这里就是了。"我望着那边，一个十分具体的老地方没有了。呈现在眼前的是些与记忆无关的景象。但这时在我的视线里，有两扇古旧的木门，与鲜花簇拥的花圃重叠在了一起。打开这两扇门，就是我家的那个四合院儿，往前是菜站，再过去一点，也就是我和杜梅约会的那个拐角。我叫香水刘开慢一点，因为，我竟然看见了胡同的一部分——那棵老槐树，它确实还在那里。只是树冠大了不少，树干也粗实了。它被一圈铁栏杆围在了中间，旁边有个牌子，上面有一段中英对照的文字，大意是：按中华人民共和国有关条例规定，这棵古槐理当受到保护。环顾四周，只有这棵树我能认出，它让我知道了身在何处。慢慢远去的是几个因戴着草帽而看不见脸的花匠，他们正在楼前的花园里修枝除草，阳光下，他们的动作像蜗牛一样缓慢，仿佛原来就是这个样子。

不久，车被堵住了，走得很慢。我摇下了汽车的玻璃，把头转向窗外。

"你认识杜梅吗？"不知道怎么，我突然问香水刘。我想认识郭冬的人没准也会认识杜梅。

"杜梅？去年我还见到她呢。在一个'春季服装展览会'上。怎么，大哥也认识她呀？"他睁大眼睛。

"哦！"我从座位上直起身子，"不知道我们说的是不是一个人，我们曾住在一条胡同里。"我等他回答。

"没错，还是郭冬介绍我认识的。那可是位女强人哪，我听说她是用一台旧缝纫机开始的。"他摇摇头说，"真是不容易，她的公司创办的服装品牌相当出名。你看我穿的这条裤子吧，就是她的公司生产的。"

我看了看他腿上的裤子，"你有她的电话吗？"

"要什么电话，刚才咱们就路过她的服装店，你没早说，找她就是了。按说，我也该去看看她了，有些生意上的事我还想问问她呢。"

"这么多年了……"我抑制着心头的兴奋。

"大哥，要现在去吗？"香水刘问道。

"我看,还是先打个电话吧 —— 也许过两天,等我的时差调过来吧。"

"出于礼貌,这样也好。我想她一定很忙。"

我无法把记忆中的杜梅和公司总裁、私营企业家这类词儿连在一起,因为记忆中的杜梅,只是一个普普通通的女孩儿。

中午的时候,天就变了。云层很快把城市与上面的太阳隔开来了。我们离开了市区,不久,香水刘把车停在了一家餐馆门口。他说:"这是一家很具特色的粗粮馆,要不要去试一试?"

我没胃口,听说这里只做粗粮,我同意了。

餐馆里面装饰得有些特别。看得出,老板为了把事情做得与众不同,像是尽量在体现着一间农具仓库的效果。一位穿成村姑模样的小姐把我们带到了一对牛车的木轮子旁边,安排在两张很宽的条凳上。木桌漆成了透明的,大大小小的节疤,像一个个切开的洋葱。旁边的砖墙上有几张剪纸和蜡染的布料,一顶旧草帽和两件旧农具不伦不类地挂在左面的墙上。前面的横梁上,耷拉着几串红辣椒和几辫子大蒜。红辣椒像是随时会离开那根横梁的样子,正对着下面一个穿着绿背心的胖女人的桌子。离我们比较近的还有一盘石磨,磨盘上面有一盏马灯,香水刘的旁边则是一口锈迹斑斑的铡刀。隔着铡刀,我见胖女人的桌上有煎饼、窝头、小米粥和一碟干煎泥鳅。另有一两盘大概是些野菜之类的东西。胖女人的胃口不错,她的绿背心已经被她背上的汗弄湿了，像一块零乱的日本地图。

"那是什么？"我好奇地问。

"苜蓿。"香水刘晃了一眼说，"尝尝吧，据说营养仅次于黄豆嘞。过去人不吃，尽给牛吃了，凡是这类东西现在都叫健康食品。别看这家餐馆没有什么正经菜，味道还不错，不然，生意怎么能比全聚德的还火呢？"

后来，我见那胖女人除了偶然去碰碰小泥鳅，全神贯注地对付着那盘苜蓿。完了，胖女人又从挎包里取出一面小镜子，补了补口红。还剩下几条小泥鳅，她请村姑打了包。

"来盘蚂蚁炒蛋？"香水刘打开了一个列满各类昆虫的食谱。

"蚂蚁？"

"试试吧？"

"不行——不行！"我摇摇头说。

"先生，吃一回，您准喜欢，"村姑在旁边笑着说，"这些小东西都是本店自己培养的，它跟我们在地面上常见的那种黑蚂蚁是不一样的。蚂蚁有极高的营养价值，它对风湿性关节炎、老年痴呆症，都有很好的疗效。你看，食蚂蚁的回头客挺多的。"

村姑列举了一堆蚂蚁对健康的好处。我留意四周，却见许多人都放下了手中的筷子，面无表情地注视着这边。已经夹了菜的筷子便停在了空中，仿佛都等着我回答。

"哦，"我转过头来，像是在辩解，"我没关节炎。"

"大哥，我也没关节炎，"香水刘说，"到这里不吃这个，还能吃什么呢？"

我勉强点了点头，翻动着菜单，又在没有昆虫的一页上，点了一碗棒子面粥和菜团子。香水刘给自己点的是疙瘩汤。"另外，再来个鲜熘蒗丝和莲蓬豆腐吧。"

"没你说的那种豆腐。"村姑说，"香椿豆腐，行不？"

"行，香椿豆腐。"

"不知二位对昆虫的幼虫感不感兴趣？本店是专门……"

"——够了。"香水刘终于斜了村姑一眼，"加个蒜蓉地瓜秧吧。"

村姑记完又重复了一遍。扭头离开。

那天晚上我趴在床上，胃疼了一夜，天亮时才有所缓解。但还是感到胃里火辣辣的，我进了洗手间，就感到有些恶心，口腔里有蚁走的感觉，我突然呕吐起来，一看水盆，我立马晕了过去。

四

我还是有些不舒服，头总是昏沉沉的。事实上我的时差一点儿也没倒过来，白天犯困，夜里清醒得要命。我跟郭冬通了不少电话，但他还是不能确定回京的时间。听语气好像是遇到了麻烦，他说他已经两天两夜没睡觉了。为了一笔生意，他和那家公司还在谈判，起草合同。他显得很疲惫，说话的力气好像都没有了。但他仍然说一定要见我。并说，据他了解杜梅就在北京。起初我对郭冬的办事效率感到失望，可想想，他人在外地还要照顾我，很够朋友。不过，我还是希望他能早一点回来，因为一周已经过去了。

香水刘倒是又来过，每次都来去匆匆。有时他刚坐下，就忽地站起身来，神情古怪地拍打着脑门，"你看我这记性！"他说，"不行了——不行了，大哥，我得走了，有个合约我还要去签订。"他面带愧色地递给我一个纸条子，说是杨拐子公司的网址。"真抱歉，你先上网查查吧，明天我还要出庭。"

这天傍晚，香水刘离开以后我也离开了。我本想顺着人行道往前走走，不由得来到一个路口。这里华灯初照，影影绰绰的行人，梦游般地来往于街道两旁。我没走出多远，就不想盲目地往前走了。我突然感到有些害怕，因为我明明站在这里，却又像不存在似的。我怀疑："这是我住过的地方吗？"如果杜梅还住在这座城市里……我真的怀疑。我下意识地停住了脚步。

也许是我摸了摸后脑勺，一辆出租车竟然停在了我面前，司机探着身子说：

"上来吧？"

"去哪里呢？"我边问边上了车。既然上了车，我就说："去东单看看吧。"

司机点点头，把我拉到了东单。东单还在，面貌却全变了。我说:"那就去灯市口看看吧。"性格沉闷的司机点点头,把我带到了灯市口。一些服装店出现了,一家又一家。我让司机停了车。我下车后挨着店面往前走,来到一家店门口,一个女店员微笑着迎过来,说我刚好赶上了本店促销。我往店里瞧了瞧,里面的产品展示和灯光设计得都很新潮。我问她,这是某某的服装店吗?她瞅了我一眼,手放在一件红上衣的领子上,问我是不是来谈业务的。

"我不是要谈业务,我是想打听一个人,一个叫杜梅的,你知道吗?"

"杜梅?"她又瞅了我一眼,说,"据我所知,我们的老板就叫杜梅,可这是她以前的名字,现在她不叫杜梅了。"她说话有些调皮。

"哦,她人在吗?"

"她怎么会在呢,她一般都在公司。"

"你能把她的电话号码给我吗?"

她却摇摇头说:"对不起,总裁的电话不便给人,想见她,不妨常来看看吧。"她还说,在这里碰到总裁并不是不可能的事。说完,她便转过身去,为另一位对衣服尺码有些小问题的女顾客耐心地服务去了。

就在我无论怎样都不能在这座城市里找到一个往日的旧友或哪怕一个熟人之后的一个闷热的黄昏,我带着一张崭新的、散发着印油味儿的北京地图,又出门了。我跟自己说,回来了总不能老呆在屋里不动吧。可我跟出租车司机说：

"麻烦你，想往哪儿开，就往哪儿开吧。"

"这不行，"司机看看我说，"你一定得说个地方，说不出地方，你至少也得说说大致的方向。"

这倒是。可去哪儿呢？我说："今天就算把我交给你了吧，走走看吧。"

司机皱皱眉头，接着就加了油门，显得胸有成竹。不久，他把我带到一个挺热闹的地方，这里开了不少酒吧，响着音乐，聚集着人气。

"上这儿干吗呢？"我问。

"寻欢作乐呀！"司机笑眯眯地说，"有些事，我都知道。因为有时我会把一些闷闷不乐、心里不太痛快的人往这儿送，一到这里，他们就变了个人似的，我想你也一样。想来的，就是这里吧？"

他这样说，我感到很新鲜，并在付款时下意识地抽出一张新钱。他接过钱去，冲着光线看了又看，表情怪异地说："这钱不对！"

"什么意思？"

"这是张假钱。"

"假钱？"

"是的——你看，太新了，说明不流通。"他把钱冲着光线又看了看，"相信我的眼睛！有旧的给旧的，没有旧的，麻烦您——"他指指路边的冰激凌店，"换一换。"

我的心情一下子就被这个人给弄坏了。但我还是耐着性子，收回新钱，又挑了几张破旧的小票子给了他。

我拱出汽车时，黄昏立刻降临了。

这是一条不太宽的街道，路的两边摆着些桌椅，聚集着不少客人。看得出，他们多是来自五湖四海，使这里看着像个旅游区。我进了一家酒吧，里面光线很暗，我发现下面还有一层，下面的光线虽然比上面的更暗，我还是去了下面。这里有中国人，也有外国人。由一男一女两个年轻人搭档的小型乐队，正在吧台的一侧演奏着一段美国的乡村音乐。女的头戴花环，露着肚皮。她有时唱中文歌。她边唱边扭动着腰身和屁股。一个头发很长、眼泡很大的男人在用吉他伴奏。他们看着像是菲律宾人。我凑近吧台，摘下了眼镜。

"来点儿什么？"一个调酒的小伙子过来问我。

"啤酒——燕京的。"

旁边有两个中年男人，一个在吃炸薯条，一个在吃花生米。他们边喝酒边在谈论着什么，大概又谈起了股票。听得出，他们都是在上个世纪九十年代被套牢的股民。他们咕哝着，发出的声音总在持续地搅扰着我邻近他们的一只希望能享受一下音乐的耳朵。这样，我在吧台上仅消磨了一小段微不足道的时光，就来到酒吧的后面了。这里有些空座位，刚才坐在我附近的一个年轻女孩儿，连同她手里的一杯玫瑰色的鸡尾酒刚好也在这里。我不知道她为什么离开了吧台。我们刚才在吧台上隔着两个高脚凳搭过讪，说起早晨发生在西三环路上的一场汽车追尾造成的一死两伤的车祸。她的说法是两死一伤,这跟电视新闻里我看到的相反。我注意到,她除了头发染得有些发黄,装束上倒还得体。总之,看着并不像是从事色情活动的女孩儿。当然,她是干什么的我并不关心,我只想找人聊聊,有话跟谁说都行,只要她长着耳朵,但愿她懂得推心置腹。

"看得出,不久前你还是一个孩子。"我擎擎酒杯,开心地说。

"你也一样。"她瞥了一眼我旁边的北京地图,眼睛里带有一丝好奇,"外地人吧?"

"外地人?不,本地的。"

"本地人还带什么地图?"她说,"我看你像是旅游的。"

"噢,是吗?哪里人不都一样。一个地方每天都在变,都在改动,地图就不能不跟着改。据说这个城市的地图,每六个月就得重新改版,加上新的社区和公路。"

"是呀。我知道这些年,很多地方的消失比用橡皮擦掉还快呢。"

"你是北京人吧?"我问。

她说她不是。我似乎有点失望。我以为她是个可以聊聊北京的北京女孩儿呢。她说:"你看错了,我才不是北京人呢,我对这里比较熟就是了。"她又说,"小时候姥姥就带我来过北京,记忆里的北京除了天安门,就是北京火车站。"

这时那两个菲律宾人演唱得正投入。节奏欢快的音乐,像湿漉漉的瀑布，清新而流畅。我们停止了对话，仿佛进入了沉思。我低下头去，以便使这段表现着流浪的音乐，能够鼓动起我直通心灵的耳膜。这个黄头发女孩倒是挺能喝的，兴致正浓时，我不知道是不是可以请她喝杯龙舌兰。没想到一杯还不行。当她认为我和她一样也是外来客时，她竟然提出改喝威士忌。这样没多久，再加上一首懒散的、叫作《都市漫步》的曲子，气氛显得有点儿伤感了，它甚至也影响了我跟这个陌生女孩的谈话内容。

"许多年前，我离开这里，本想去去就回来……"我喝了一口酒，打了一个嗝。

"我离开家乡也有许多年了。"她说。

"许多年了，是呀，这次回来，一个熟人也没见到。"

"我现在回老家，一定也都不认识了。"

"你知道，我都迷路了。"我苦笑着擎起酒杯，"来——为了你的家乡。"

她抬起酒杯，喝下一大口威士忌。她的脸蛋立刻也就红了。之后她却不说话，侧着一头时髦的黄发，仿佛在听音乐。我想，她的年龄正是当年杜梅去菜市口老华侨家里读报的年龄。她说她从小就喜欢追逐陌生的事物。"就拿这个城市来说吧，正因陌生而使我感到新鲜。"

可她一说话，就把自己的眼睛弄得有些潮湿了，就像两片逐渐潮湿的青苔。显然她也有一颗需要安慰的心。我们喝着聊着，两个陌生人，萍水相逢，却显得情投意合，凑得也不能再近。我们分手的时候，就像老朋友一样拥抱，好一会儿才松开。而且，我们站在门口又聊了一阵子。她说她是五年前来的北京。我说我是许多年前离开北京的。她说，根据彼此的属相，我们合得来。我表示希望能再见面。她还想说什么，却只是点点头。结果，我们再一次拥抱才分手，但我却忘记了她的名字——真是不应该，起先她告诉了我，走的时候我又问了她一遍，就两个字。结果很遗憾，风一吹我就忘了。我只记着她是从延边来的，一个学摄影的朝鲜族姑娘。她还告诉我，她来北京不为别的，只是希望能在这个新旧参半的城市里，捕捉到一点属于自己的东西。

五

直到今天，我仍然是独自走在这座城市的大街小巷上——从早晨到黄昏。我想跟郭冬再通话一次，或许这也是最后一次打电话吧。我想了想，大概我会这样跟他说：

"作为朋友，你已尽责。虽然，你一再强调要赶回北京，但时间已经不允许了。按说，这么多年没见你，多想一见哪！何况，直到今天我还没见着谁呢。不过，我倒是理智的，所以我想，这次你就别回来了。难道还会再隔十年八年吗？下次再见吧，下次不会太远了……"

想到这里，我拿起了电话，但郭冬的电话又占线了。

我放了电话，仿佛六神无主，不知剩下的时间能做什么了。时间短了，时间往往就显得多余了；时间多余了，时间往往又显得长了。没有比让人去忍受一段时间更叫人难受的事了。唯一能打发时间的办法，无非是再出去走走。这要比坐在婶婶家的沙发上看电视好得多。那家酒吧我又去过两次，昨天去了一次，和婶婶去凤凰山公墓回来的那天晚上去过一次。只是再没遇见那位朝鲜族姑娘。城市就是这样，它总能使你认识一些人，又使一些人从你的视线中转眼消失。

这时，婶婶和叔叔又要打麻将了，因为门铃响了，牌友们又来了，他们是按时来的。一个是从下面九层上来的退休老头，另一个是从二十七层下来的下岗女工。一听到麻将声我就坐不住了，屋里很闷，我又得出去走走了。我这次打算往北走，往北走下去按说就是市中心了。我计划十点之后再回到婶婶家那间还残留着油漆味儿的书房里。于是我又来到了街上。

我开始从一个街口来到另一个街口。我似乎还想碰碰运气，看看能不能遇到个熟人或同学什么的。因为许多地方还没有完全被拆掉，有些老胡同还在，那里没准就有我认识的人。如果走运，如果路上真碰到了熟人，我想，我会很礼貌地请他们停下脚步，无论他们是否还记得我，无论他们有什么要紧的事要办，我都会请他们停下来，听听我对他们的记忆，也会顺便说说我对这座城市的记忆。

我怀着这种心情走在城市午后的阴影里。我留意着来往行人，以及他们的举止和姿态，联想着他们从前的样子。或许是我没有好好看路，不久我竟然迷失在一条繁华的街道上了。究其原因，也可能是那些夸张的、在风格上无论怎样也不能摆脱相似之处的建筑和商户，影响了我辨认方向的能力。我一时弄不清身在何处。我无法把这里跟我去过的某个城市的某条街区区别开来。我边走边想：天呀！这是我的不幸，还是这座城市的不幸？我认为，归根结底还是城市出了问题，否则我不会迷路。不会短短几天，接二连三地迷失在这个我出生和成长的地方。我被相仿的街道，类似的斑马线，和缺少创意的果皮箱弄晕了。我被那些派头十足的同名饭店和遍及世界各地重复来重复去的各式各样的广告搞得完全失去了方向。我一直徘徊在一家精美的珠宝店和一家银行之间。这样，很快就引起了两位保安的注意。他们两个佯装在聊天，其实早都盯上了我。为避免误会，我只好顺着一条街道不情愿地往前走，经过了一些服装店、美容店和比萨店，还有一家装饰精美的礼品店。再走下去是一家耐克牌鞋店、两家酒店和一家肯德基店。我穿过街心花园，在川流不息的车辆与车辆之间、流动的行人与行人之间走着。当我再一次见到那两个保安时，我才知道迷路了，十分彻底地迷失在一条与记忆完全混淆的街道上了。

后来，我不得不把手举起来。这样，一辆出租车就停在了我面前。其实是两辆——几乎是同时——结果后一辆差点儿就得为前一辆付汽车修理费了。不过还好，没有撞上。我告诉前一辆的司机说我迷路了。

"怎么会迷路呢？这是最不容易迷路的城市呀！"

我瞅了瞅那两个保安，又小声重复了一遍："师傅，我是迷路了。"

"你想去哪里呢？"司机皱皱眉头。

"你能不能告诉我，我现在在哪里？另外，去朝阳门怎么走？"

"喝多了吧！这就是朝阳门呀！"他摇摇头说。

"是吗？"我看看周围，"如果这就是朝阳门，请你送我回家吧。"

当司机把我送回婶婶家时，婶婶已经做好了晚饭。他们在等我。尽管饭菜已经凉了，那天晚上，在这二十一层高的公寓里，我又一次感受到了故乡亲情的温暖。饭后不久，郭冬突然打来电话，他叫我打开电视。他说："你不是要见杨拐子吗？看看电视吧，杨拐子正在北京电视台吹牛呢！"郭冬说了几句，挂了电话。这大概是一个对私营企业家的专访节目。一个中年男人正在接受电视女主持人的采访。他身穿西装，看着有些发福。这是杨拐子？我盯着他的脸，注意着他那条有问题的腿……他的脑袋比以前大了很多，样子完全变了。主持人表情亲和，显得十分精明。他们一问一答。杨拐子有些严肃，但精力充沛，采访人每一次提问，都像是打开了一个滔滔不绝的漏斗。他谈了使他引以为荣的企业现状和发展的宏伟蓝图。当采访人问他成功的秘诀时，他说：人无论做什么，眼光都要看得远一些，应该懂得向前看，而不能总是向后看。向后看是没有意义的，因为过去往往是我们前进路上的包袱或绊脚石！

后来他们讲起了饲料业，围绕着全国饲料市场的前景分析了半天。我一直盯着拐子发呆，直到他们说："谢谢观众，下周同一时间再见。"

这算是见到了熟人吗？我关了电视机，在屋里发呆。

第二天——这是我离开北京的前一天吧，婶婶和叔叔在厨房里包饺子，我坐在有阳光的窗台前，手里仍拿着那张地图，望着楼宇下面灰蒙蒙的城市，此刻，这座喧嚣的城市，正处在交通高峰期。远处的公路上，五颜六色的车辆，正像一个被打开的蜂巢蚁穴，把一条新建的公路堵住了。

望着下面，一直想见什么人的心情没有了。不知怎么搞的，一切都改变得这样快。杨拐子也不想见了，因为他显然不是一个懂得回忆的人。怎样跟一个不懂回忆的人去探讨将来呢？总之，为了避免临走前再碰到谁，我甚至不想再下楼了。

想到这里，我手上的地图，便被一阵穿堂风刮跑了。它已经没那么重要了。起先，它飘浮起来，在半空短暂地打开了一下，然后，就晃晃悠悠地飘落下去。

六

然而,没想到的是,就在这最后一天,最后一个夜晚吧,我竟然见到了杜梅。而且,我们约在了一家酒店里。一开始由于我的眼睛散光,致使我没有把握,似乎也不急于确定,坐在酒店大厅沙发上的一个女人是不是杜梅。结果她远远地认出了我,并像从前一样,叫了一声我的名字。

她从前厅那边走过来,穿了一身宽松的质地很薄的黑色套装,露着水红色的衬衣……在她走来的时候,我虽然感到她仍有以前的样子,却带有一种陌生的气息。她并没见老,仍然留着短发,肤色白净,精神看着很好。只是在我和她拥抱的时候,她身上的香水,改变了她原有的味道。她高兴地拍拍我的肩膀:

"真抱歉!我才知道哇……"她看着我,声音柔和,带着一点女人的兴奋被礼节拘谨了的声音,"这么多年了,不能再多住几天吗?"

"是呀,我是明天的飞机——真不容易,居然见面了。"我掩饰不住内心的激动,"我还去过你公司的大店呢。"

"真是的,要不是秘书说有郭冬的留言,我就去深圳了。说来也巧,你回来了,怎么也得见见你呀——你住在哪儿呢?"

"我住在婶婶家。"

"想起来了,你还有叔叔婶婶。"

"是呀，他们都还健在。"

"真是上帝的安排！"她说，"你回来了，有什么事情要办吗？"

"没有，就是回来看看。半个月时间，我几乎走遍了北京。"

"都说北京的变化巨大，"她说，"我带你去吃点北京的特色，咱们边吃边聊吧。"

说话间，我们经过了一个回廊，来到一个光线柔和、环境十分幽雅的地方。不过再往里走，光线就越来越暗了，就像进了电影院。我兴奋地迟疑了一下，让瞳孔稍稍放大些。结果我看见了，上面是闪烁的星空，周围除了比蚊子叫稍稍大一点的音乐声，只能听到虫鸣、窃窃私语和偶尔发出的一点点——真是一点点，碰杯的声音。一个女服务生，十分小心地用一个激光手电把我们引领到一张长方形的餐桌旁，桌子上摆着两只红烛台。我和杜梅面对面地坐着。蜡烛的松香弥漫在周围。我看杜梅，没有以前那么瘦了，人也显得成熟干练。性格也比从前开朗了许多，说起话来还是那么好听。此刻，那种陌生感也随之消失了。

"都不认识了吧？"她看着我，笑了。

"你真是变化不大，"我说，"都在合理的范围内。我知道，变化大的是我。"

"嗯，还好，你就是头发少了些，还有你的胡子——你怎么会这么瘦呢？"她微微皱起了眉头。

这时，有两位年轻的女服务生又出现在附近，她们穿着红色的招待服,领口和袖口镶着荧光的边线,发出的荧光证明她们一直忙碌在黑暗中。她们走在地毯上像猫一样轻盈,她们说话的声音更是小得要命,好像是用口型来表达。这说明这里对声音和光线的限制有讲究。当然,我听清了,一位彬彬有礼来到我们桌边的女服务员在说什么。她好像是说:二位想来点什么?

杜梅摊开食谱,问我胃口怎么样,想吃点什么。我说都可以。

"好吧,"她也轻声轻气的,点了牛排、沙拉和红酒,"嗯,有鲟鱼子吗?"

"对不起,您再说一遍?"

"有鱼子酱吗?"

"有的,鱼子是新到的。"招待员点头。

点完了菜,服务生为我们打开了红酒。于是,我们在蜡烛暗淡的光线里举杯,却相对不语,过了一会儿,才慢慢交谈起来。杜梅自然地谈到了她的服装生意,谈她在这个行业里的拼搏经历。听着也很简单,起初,她是利用周末和晚上帮着妈妈一块儿做服装,当时没有资金,起步很慢。后来生意逐渐好了起来。这样,她干脆辞去了灯具厂的工作;再后来,她和别人合伙开了一家服装店,三年后又开了第二家,直到现在公司已经发展到了有两个服装厂、十几家店面。说起这些,杜梅似乎并不满意,与别人相比,她甚至还有些自愧不如。

我们正聊着,被上来的烤牛排打断了。先打断我们的是沙拉,还有汤什么的。汤盛在一个有宽边的、中间有一块垂直凹下去的白盘子里。盘子看着很大，汤很少。汤是由两位男招待一起端上来的。为了使这两盘奶油蘑菇海鲜汤显得非同小可、引起注意，他们竟然戴着白手套，面含微笑地把盘子放在我们面前，然后玩把戏似的，互相滑稽地使了个眼色，用英文小声地数着：一、二、三——盘子上的一个银质的盖子被同时掀了起来。"哇——"这也确实产生了一个小小的惊喜。

当然，汤的味道还是不错的。另一道菜差不多也是这样，只是盖子被揭开时，有点令人失望。在盘子正中的两片菜叶上，有一点少得可怜的东西，我真是叫不出。

"这是什么？"

"鹅肝。"杜梅说。

她让我动动手。她用餐刀切下一小片鹅肝，用叉子叉起来，蘸了一点盐，放在一小片面包上。"我挺喜欢法国菜的……你们在国外老得吃西餐吧？"

"是呀，因为不能不吃。不过，这样的西餐我也只在大西洋赌城见别人吃过。"

"哈哈……你开玩笑。"

"不是开玩笑，我在赌城的一家西餐厅里干过半年，后来我的胃出了毛病，就不干了。"

这时，杜梅放下了手里的刀叉，拿起餐巾在嘴角按了两下，然后从包里取出几张照片,她抽了一张递给我:"现在是它们在陪着我。"我把照片凑近蜡烛,原来是两只小狗,长毛,白色的。杜梅介绍了小狗的名字、习性和它们之间的一些小故事。完后,她翘起嘴角,笑着又递过来一张。这是一张她过去的老相片,真是难得!我赶紧把照片凑近蜡烛,仿佛瞬间进入了过去的时光。可照片上的杜梅与我记忆中的杜梅差别很大。照片上是一个模样普通的女中学生,看着像是在景山公园北门照的,阳光有些强,所以她微微有点低头。"这是你当年呢⋯⋯"我脱口而出。

"我不是这样的吗?"她说,"照得不是太专业。"

"当然——不过,记忆里的你要瘦一些,相当漂亮,头发没这么多。另外——说实在的,我也不记得你穿过这双鞋。"

"哈哈,人都不记得,怎么还能记得我穿的什么鞋呢?"

"过去的事,大多我都记得。比如,你穿三十七号鞋,对吧?"

"啊,你能记得我的鞋号⋯⋯"杜梅睁大了眼睛,十分欣赏地点头,嘴角上翘,露出了酒窝。

"我还记得,夏天你总爱穿着一条喇叭裙。"

"喇叭裙?"杜梅眨眨眼睛,酒窝消失了。

"一条用碎布做成的裙子。我记得,那条裙子还是你自己做的呢。"

"你的记忆力真好。也许太久了。不过,好像是有那么条裙子。"

"如果你忘记了那条裙子,那么,你还记得我们约会常去的那个拐角吗?"我问这句话的时候,心跳居然加快了,我似乎在怀疑自己，以致我的手下意识地捂在了胸前，做了一个近乎老人的动作。

"拐角？"杜梅的反应使我有些意外。

"是呀，我想你不会忘记的。记得那时我们去看电影，如果是八点一刻开演，我们就会说：'七点半，拐角见！'有一段日子，无论去哪里，我们都是从拐角出发的呀！"

她看着我，停了好久才说："记得呀……"

"你还记不记得这样的情景，"我继续说，"在一个夏天的傍晚，知了声此起彼伏，路灯不是很亮，胡同里有着不错的月光，我们俩在拐角的那棵老槐树下……"

杜梅呆呆地望着我，在她有着长睫毛的眼睛里，此刻，带着因潮湿而更显柔和的目光。就像两片逐渐潮湿的青苔，不久，泪水便流淌出来。她拿着餐巾，但没有用它去收集这些眼泪，而是由着它们顺着面颊自然地向下坠落着，一闪一闪地消失在黑暗里。这倒使我有点欣慰，因为，杜梅看来还是杜梅，我有的记忆杜梅也有。杜梅还跟从前一样，是个善解人意的女孩。"是呀，"她说，"怎会忘记呢？那时，你常会带一个芝麻火烧给我。"

我们都沉默了。轻微的音乐和唏嘘的虫鸣使周围显得空旷、深远。这时我才注意到，絮绕在耳边的音乐原来是《南飞的大雁》。一首多么久远的老歌！听着真像是雁群又从遥远的年代飞回来了。

杜梅想起了父母在世的那些日子。"爸爸辛苦了一生，"她说，"家里的生活就靠他那一点工资。他成天跟油漆打交道，工作在烘热的烤漆炉前。而母亲经常在只有十五支光的小管灯下做活儿，常常干到后半夜……"杜梅在片刻沉思后抬起头来，"现在我们有了自己的工厂，"她说，"一天就能生产数百上千件服装。今天，如果妈妈爸爸还在世该有多好啊！"

　　杜梅讲述的也是我们共同经历的年代。然而，人的记忆还是有偏差的。杜梅说的和我记忆里的总是有一定出入。有些事她记得很清楚，说了半天我却没有印象；而我对一些往事细节的表述，她却想不起来。我们约会的那个拐角她虽然记得，却与我记忆中的有很大出入。另外，菜站的位置她说得也不太对。而且，她说我们去得最多的地方并不是那个拐角，而是西单商场后面的一个地方。可她说的这个地方给我留下的只是一次相对模糊的记忆。当然，我说的也不一定就对。或许也并不是我说的那样：无论我们去哪里，都是从拐角出发的。她的说法反倒比较客观，听着也合乎逻辑。除此之外，杜梅还提到两个地方：一是国家历史博物馆东面一个平台下面的台阶上，另外一个在人民大会堂的西南侧。西南面那么大，具体的位置她倒说得很清楚。按说谁都知道，那里并没有适合谈情说爱的地方，可她说我们约会的地方就在城防岗楼的附近。听着不太可能，但她坚持，并说那是北京最安静的地方。也就是说，当时即便是城防的卫兵都不知道可以管管我们。她还说，那些被雨水冲洗得干干净净的花岗岩台阶上，并没有规定不可以坐一坐。听着也有道理，她说每次我们坐在那里就不想起来。黄昏之后，石阶上释放着太阳的余温,就像坐在热炕上,只要我们坐有坐相,站有站相,执勤的卫兵就会装作没看见。这些说法我虽然不能一一想起,可叫我又想起了好几个地方。

"嗯,对了,我们还去过你婶婶家那边的古观象台。"杜梅开心地说,样子就像从前一样。她开始说个没完。

在记忆的恢复中,北京几乎没有什么地方没去了。如果想试着找一处没去过的地方,刚说出地名,就想起了一段与之有关的往事。

"你还记得吗?"我说,"有一段时间,我时常站在你们工厂门口,手里拿着糖葫芦,注意着那扇大铁门,等你下班从那扇铁门走出来,我们就去乘坐公共汽车,到了公主坟再换大1路无轨电车,然后在民族文化宫下车。这时民族文化宫门前总会有些对曲艺节目有兴趣的人。这些人虽然买不到票,却站在寒风里不愿走。可还有一种人,手里攥着门票却东张西望地不进去。我们问他们说,已经开演半天了,还等什么?有的是在等人,我们就和他一块儿等,希望他等的人最好别来。有时买到了退票,已经演了半场,而且我们得分开坐,一个坐在前三排,另一个坐后几排。这样,节目演到精彩的时候,我记得你除了往前看,还时常会往后看。"

"哈哈,记得呀。"她笑了。

我们一点点地拼凑着记忆的碎片,有些拼得上,有些拼不上。有些甚至叫我有点意外,杜梅说我走的那天她也去机场送我了。

那天她请了假,还给我买了礼物。我真怀疑人的记忆有时会错乱得离谱。

"你去送我了?"

"当然!我怎么会不送你呢?"她说,"我去了,只是晚了一步。我不该临时才跑去王府井给你买礼物。再加上那天遇上了堵车,赶到机场,你已经出关了。"她转动着酒杯,眼睛望着蜡烛,"我一直责怪自己,如果不去买礼物,不去买什么景泰蓝花瓶,时间足够了。"

杜梅说十六年前,她赶到机场扶着海关的栏杆当着许多人却没能止住自己的眼泪。那天她没看见郭冬和张夏,但看见我爸和我妈了,她说:"我真看见他们了。你知道,他们送走你之后并没有离开机场,他们呆在那儿,站在一处落地玻璃窗前。我不知为何他们还不回家。我远远地看着他们,发现他们在观望窗外停机坪上一架静待起飞的飞机。他们没看见我,飞机上天了,他们才离开,而我是等他们离开了才走的。"

"没想到,你不说这些我永远都不知道。杜梅……"我感动得说不出话来。

"是呀,那天我去机场送你,并不是临时的决定。其实,我早都跟车间主任请好了假。"

"我给你写过信。"我说。

"我给你回了信,可信被退回来了。"

我告诉杜梅我搬了无数次的家,到处迁移。我告诉她我去了美国其实并没读书。事实上,我一到美国就病了,这些她是不知道的。她更不知道我得的是偏头痛。去过几家医院,也检查不出结果。后来我退学了。学校还退给我一点学费。我拿着这点钱很快就离开了纽约,我想躲一躲,以免被移民局的探员盯上。我先去了一家教堂。说来也很幸运,我在那里找了一个在厨房帮厨的差事。当然,时间不长我便离开了,并开始了漫长的打工生涯。我先去了一家装修公司,做木工和灰板工。有一天,我受伤了,不得不停下工作,在我租的一间地下室里,给我爸和我妈写信。我告诉他们,我的情况好着呢!我甚至说我正在用功读书,请他们放心,等我完成了学业,拿了绿卡就回去孝敬他们。后来我干的事可不少,我还在一家保险公司做过职员,干过水暖工,也当过印刷工人,还在一个旧家具店里干过几天。换一个工作,往往就要搬一次家,那时我的父亲已经过世,母亲的身体也不太好。她曾忧伤地告诉我:胡同要拆了,你什么时候才能回来? 当时,我回不去。我需要等绿卡。这始终也是母亲的意愿,她不希望我没拿到绿卡就往回跑。她希望我等下去,一直等下去。

这时,服务员送来了热毛巾。我发现他们就在附近,黑暗中,我们需要点什么,他们很快就出来为我们服务。他们出来时,就好像相片显影似的,是显出来的,而不是走出来的,因此没有声音。从细节上看,这里的服务也该是当今一流的。

杜梅说，她很爱听听我的经历。时间关系，我只能又讲了讲国外的风土人情。后来她伸伸懒腰，从手提包里取出一个化妆盒，说想去趟洗手间。她说："对不起，能陪我一趟吗？"我马上站起身来，可四周很暗。这时，一位女招待马上从黑暗中"显影"了，同时揿亮了一只小小的激光手电，光亮使深绿色的地毯上出现了一处浅绿色的光斑。她在前面为我们引路。我牵着杜梅的手，跟着光斑往前走，虽然路不是很长，却像与情人走在迷途的路上。回来的时候也是这样，只是在经过一个拐角时，我们都停了下来，并紧紧地拥抱在一起。久违的激情，像是迅速燃起的木柴，再一次被点燃。我搂抱着她，和过去一样，很快就透不过气来。她把滚烫的脸蛋紧贴在我的脖子上，我的耳朵便顺理成章地埋在了她柔软的头发里。耳畔传来的，是一个女人体内炉火般燃烧的声响。我抚摸着她，把手停留在她的后背上、腰上，或伸进她松软的头发里，她把头调整了一下角度，嘴唇和嘴唇便贴在了一起……

我们这样不知有多久，直到她轻声地说："咱们走吧。"我拉起她的手来——黑暗中，却不小心差点儿拽掉了她手上的戒指。而刚才，当我把她的手放在我的面颊上时，这枚冰凉的钻戒阻隔了这双手和我的脸颊之间，让我感到这已经不是记忆中的往事了。"人家在等咱们了。"她轻轻地又说。我这时注意到，那块暗绿色的光亮还在旁边。而在拐角里，应该也有一男一女，他们相拥不动，就像是从哪里搬来的，临时立在黑暗中的、形状怪异的静物。

就在我们跟着那块暗绿色的光源回到座位的途中，我敢说，在走道的两侧，在这布满磷火般烛光的所有的餐桌上，几乎是座无虚席。微弱的烛光透过了那些亲密无间的脑袋和脑袋之间，耳朵和手臂之间，以及手臂和脸颊之间，露出了淡淡的光亮。

餐桌上已经更换了餐具，摆上了果盘和甜点。我们坐下来仿佛是刚开始。杜梅的脸颊还像被篝火烤过似的，红通通的。不过这种灿烂的光景很快就消退了不少。之后，我们又加了两杯红酒。杜梅这时从一个白色的烟盒里取出一根烟，夹在手上（这支烟马上被黑暗中一个伸过来的打火机点着了）。

"对不起，我有时候需要这样……"她吸了一口烟说。

我说我过去也吸烟，戒掉好多年了。随后我们又聊到了个人的情况，我也想知道，这些年来杜梅有没有遇到自己喜欢的人。她理解了我的意思。

"不瞒你说，我结过婚。"她把烟缸移至跟前，语气缓慢且直率地说，"他就是与我合伙开第一家服装店的合伙人，时间不长，结婚两年我们就分手了。之后我还认识过一个香港人——一个服装商，时间也很短。因为后来我知道他是有家室的。当然，我也遇到过不错的人，可最终都分手了。"她偏过头去，把烟灰轻轻弹在烟灰缸里，仿佛进入了沉思。

我听着杜梅说，就像听着一个熟悉的故事的另外一个续集。没有惊讶，却心静如水。我抬起头来，恍然发现周围亮了些，上面的星星也稀疏了许多。

"你不觉得这里亮了些吗？"

"是该亮了，"杜梅说，"全亮了，餐厅的营业时间也就到了。这是这家餐厅的特色。"

原来，这里通常是满足那些白天盼着夜晚的人。这时，我已经能看见附近餐位上的人影了。而刚才，我的确只能看见他们脸上一点微弱的反光，那点反光，并不比窗纸在星光下的反光多多少。

杜梅说她不再想着结婚的事了。她现在把心思都花在工作上，考虑最多的是公司的发展和利润。她的生活大多时间都是在东奔西跑、应酬、参加各类社交活动。"其实，我知道，身体就是这么搞坏的。"她这样说，我才知道她的身体并不是太好。她前后竟然做了两次手术，第一次手术是一九九六年冬天做的。"有二分之一的胃在那次手术中被切除了。"她吸了一口烟说，"去年我得了盲肠炎，又做了微创手术，手术后休息了一周，我就赶着去青岛，参加一个服装展销会了。"

"真不该这样啊，"我摇摇头说，"你可要注意身体了。"

"或许我是个没有牵挂的人吧。"她说，"你也知道，我不是个娇气的女人，许多事都想自己亲手去做。"

她手里拿着水果签，拨弄着蜡烛，蜡液顺着蜡杆流淌下来，暗淡的火苗跳动着，烛光下面一下子清晰起来。这时，我注意到了，在她戴着钻戒和略有松弛的手背上，隐现着不协调的疤痕。这意外的情景，也一定表现在了我的脸上。

"你看吧，"她把手放在我的手里，温和且爽快地说，"不怕你笑话，这是被熨斗烫伤的 —— 这也是 —— 我忘了，还有这里。这是被缝纫机弄伤的。"

我的心被隐隐地揪动了一下。其实，在我的记忆中，不仅有着故城的街巷，也应该包含着一双手，和这双手那美妙纤纤的细节。我握着她的手，翻来覆去地像是要检查出什么，却不经意地看到，在她手腕的上端有一处明显的刀痕。我不敢想象了。由于光线很暗，我转开视线，便放开了杜梅的手。在接下来的一段沉默的时间里，我们就这样坐着。后来，她靠在那个有弧形靠背的椅子里，神色迷离，显得有些疲惫了。然而，她看着还是那么漂亮！但此刻，却有一种不协调的东西再一次击中了我。随着周围光线的改变，一切也都清晰起来：杜梅的样子，比同龄人显得更加年轻 —— 她是做了整容吗？我惊愕地发现，她的鼻梁、脸蛋 —— 我不敢想象。若那样，一个人的声音，便是透过面具让我听到的 …… 不！难道她不知道自己拥有着天然的美貌吗？

星星已经淡去，隐约露出了被漆黑的涂料处理过的天花板。微弱的烛光在即将燃净的蜡油里跳动着。在我饮尽了杯中酒之后，这种琥珀般的液体，使我的感觉也渐渐模糊了，就像是梦，仿佛一切都遥不可及。

"你还记得我们住过的那条胡同吗?"我擎着酒杯,微笑着问她。

她没有回答,带着柔和的目光凝视着我,她伸过手来,安慰似的抚摸着我的手背。

"你看你的眼神,你喝多了。"

"我喝多了? 我高兴呀!"

"可咱们别一个劲儿地谈过去了好吗? 过去,已经过去了。"她握着我的手说,"有谁能忘了过去呢? 人都是一样的。过去的时光不正是今天我们该做点什么的理由吗? 我忘了告诉你,现在我不叫杜梅了,早都不用这个名字了,只有很少的人才知道我曾叫杜梅。"

"你不叫杜梅了?"

"是。早都不叫了。我改了名字,母亲过世那一年我就改了。"

"你叫什么名字?"

"我叫杜欣欣。你喜欢这个名字吗?"

"杜欣欣?"我惊讶地说,"杜梅,不是挺好吗?"

"不是不好,"她表情认真地说,"你知道,命运往往也跟名字有关呢。"

"是吗——当然,我也有一个英文名字。我叫麦克。"

"麦克,好哇。"杜梅强打起精神微笑着说,"明天我去机场送你。"

她的诚意显而易见。她说她可以把明天的工作安排改动一下。

但我固执地希望,能像离开某个其他城市那样离开这里。"见到就好了,"我说,"今天就算你为我送行吧。"

她同意了。她说:"好吧。那我就不和你客气了。最近真是忙得不得了。"说着,她从一个精致的黑色手包里取出一张名片,"下次回来可一定要先打个电话给我。回来做点事儿吧。"

可就在我去接杜梅手中的这张名片时,我感到她的声音也不再是杜梅的声音了。这时,在她的身上我真的再也看不到杜梅的影子了。

周围已经亮了,显然我们错过了离开餐厅的最佳时间。餐厅的全貌在不知不觉中显现出来,座位都空了,在一张张银灰色的桌面上,留着一根根烧残的红蜡烛,静物中,这里没有留下任何座无虚席的痕迹。

七

我们终于离开了这家餐厅。步出酒店时,外面却已经黑了,我曾生活过的这座城市,正进入一个真正流光溢彩的夜晚。这时,在台阶的下面有一辆黑色的宝马车停在那里。杜梅上了那辆车后放下车窗,伸出了一只在夜色中更显白皙的手臂,那只手臂在窗口艰难地晃动了几下,便消失在车流中了。

杜梅走了,我又看了看那张名片,上面写着:盛唐服饰股份有限公司，董事长：杜欣欣。

  我向上伸展了一下身子，然后放下手臂，步下台阶，我本想过马路，可又转回了人行道。当我融入这流动的无止息的人流中时，我似乎感到时差没有了。然而，那时间留下的差异正在脚下延伸着，这座城市，与我内心深处的某些东西渐渐远去……我知道，前面走到哪里也就是哪里了。过去仅属记忆，但记忆中的杜梅也不会不在的，她还在那条胡同里，那条胡同和这座古城一样，终将留在我的记忆里。

（原载《当代》2011年第5期）

逃 亡 者

太阳开始倾斜了,它所在的位置该是午后的两点多钟。他趴在田埂的下面,注意着前面那片凌乱的菜地。那里有几个农民在地里干活,两个男人在菜棚子边上往一辆牛车上装菜,西北口音时断时续地传过来……阳光晒着他光秃的头顶,他感到头皮火辣辣的。他身上印着编号的号子服上沾满了泥土和植物的绿浆。汗挂在他消瘦的脸上。他趴在那里,一动不动地注视着前面。

从早晨逃出砖厂,他已经通过了大片的农田、没完没了的休耕地和一段段防风林,他不知道跑了有多远,始终不敢停下来。为避免被人碰见,他躲开村庄和公路。所经之处,避免留下任何可疑的踪迹,尽量让逃跑的路线杂乱无章。

那辆牛车装满了,在一阵吆喝声和轮轴尖厉的声音中缓慢离开,消失在一条窄狭的土路上。他起身,钻进了侧边的杨树林。七月的热风在耳旁呼呼地吹过,步伐轻快如飞,逐渐在远离着危险和恐惧。

太阳又改变了位置。前面出现了地平线。此时，他的脚步在午后柔和的阳光里总算放慢下来。早晨逃离砖厂，那种极度的恐惧与不安随着时间和路程的延伸得到了缓解。他甚至想休息一下——兜里还有一个西红柿，这是他上午经过一个菜地偷摘来的。他坐在了沙地上，感到全身的力气都已耗尽，胃里空空的。他张开干裂的嘴，在那枚西红柿上大咬了一口，奇妙的感觉正顺着食道进入他的胃里。他的意识也变得清晰起来。

周围静静的，围拢过来的是干热的风，光秃秃泛着白碱的土地上，长着一些低矮的干巴巴的植物。枯黄的骆驼刺在风里成团地滚动着。他望着远处，感到眼前像一场梦——一场走不出的噩梦。怎样躲过今天，然后再离开此地？他始终在想着这个问题，但他无论怎样想都想不出太远。明天将发生什么？往后的一切都是无法预测的。在他逃跑的途中，伴随着他的，始终是有关母亲和妹妹的记忆。他想着与她们一起生活的时光，尤其是父亲临终的遗言。当时，他和小他五岁的妹妹，守护在父亲的病榻前，倾听父亲的嘱托：

"你是家里唯一的男人，要好好照顾母亲和妹妹……"

起初，他们不认为父亲会离开他们。但他说走就走了。他挺过了"文化大革命"最痛苦的年月。对于这个家庭，好的日子才刚刚开始。而且，他希望将来能成为一名外科医生。

他的父亲过世后，母亲的眼睛失明了。为此他的妹妹延迟了结婚的时间。然而，他的罪行才是摧毁这个家庭的最后一根稻草。他辜负了父亲临终的期望。他离开母亲和妹妹已经三年多了，他不知道这三年她们是怎样生活的。她们曾为他的过错痛不欲生，但这一切都不能挽回。他无法再为她们做点什么。当他想到再过几天就该是母亲的生日时，眼泪便无止境地流淌下来，心中怀着无限的悔恨……

他想起了他的女友。想到她，他又想起三年前发生在那家酒吧里的事情。那件事是这一切不幸的起因。在那个晚上，他轻易地葬送了自己的一生。

这家酒吧刚开业不久。它除了一楼的吧台，楼上还有一些 KTV 包厢。其实，他并不喜欢去这种地方。这种场合，要不是他的女友提议去散散心，他是不会去的。起先，他们二人坐在酒吧吧台上喝酒，话题一直是围绕着情感、就业和挣钱。后来从楼上 KTV 包厢里下来两个年轻人，他们也坐在了吧台上。可他们的言行举止十分夸张，不太顾忌周围的人。他们甚至边喝洋酒边在那里猜拳。按说，这也和别人无关。可接下来，一个无法预测的悲剧发生了。是酒后失手，还是蓄意杀人呢？事情是偶然的，是在短暂的时间里突发和结束的。现在想想，真是荒诞至极。而且许多细节他都模糊了，他甚至怀疑自己在法庭上的供词。他只记得在他举起烟灰缸的瞬间那个陌生人就倒下去了。他倒下之前，他们先发生了口角。越吵越厉害。是那个人先推了他一把，并把烟灰弹进了他的酒里。

事发前，吧台对面的电视屏幕上，在播放一九八七年的足球联赛。楼上KTV的音乐声使人听不清一个裁判在说什么。除了音乐，酒精或许也是他出手过重的原因。起先，那两个陌生人中个子较高的一个隔着他向他的女朋友打飞眼。当时很晚了，他想带她离开。他不想搭理这类无聊的家伙。这时，酒吧侧面的门不断有人去推开它，随着门轴的声音人也就越来越少了。显然，早离开酒吧什么事都不会发生。他说：咱们走吧，不然就太晚了。

她的酒还没喝完。脸已经红了。她说再坐一会儿，回去也没事儿。她叫他不去搭理那两个家伙。她说她想开一个服装店，她早有这个想法。她认为，市场放开了，这是打造一家品牌的机会。她想听听他的意见。可他才听了一半，就坐不住了。他转过身去，斜视了那个陌生人一眼。那个人向他伸出中指。

他低声骂了那个家伙一句。

那个人离了座位，走过来——他看着像是要滋事打架，但并没有出人命的预兆。可接下来，事情就发生了。他出手过重。起先是激烈的口角。混乱中，那个陌生人先动了手，并把红酒泼在他的脸上。结果，对方死在一个绿色玻璃烟灰缸的撞击之下。他的太阳穴先是凹下去，接着就肿得不像样了。在警察到来之前，他没有跑。而且，他把他扶起来一下，希望他没事儿。但他还是死在了救护车里。

总之，他算是杀了人。他不知道杀人这么简单。不知道一时冲动，便会为此在监狱中度过一生。

一阵风把他的思路吹散了。他伸手在旁边一棵梭梭柴上撸了一把，细小多浆的叶子在他拳头里被挤出了翠绿色的汁液。下一步该怎么办？他需要去找些吃的来——可去哪里找吃的呢？而且，他还需要衣服和帽子。不然他哪里也去不了。可这些都得等到天黑。现在他不能像普通人那样自由走动。从他穿的这身衣服和被剃光的脑袋，没人不知道他是一个在逃的犯人，撞见他谁也不会呆在那里而不去报警。这种识别犯人的常识在此地老幼皆知。离这里最近的村庄大概也有两里多地，他不能走太远了。他的脑子里出现了远远地飘动在阳光里的那些晾晒的衣服。现在他只能等着时间过去了。

他站起身来，感到体力恢复了许多。他想找个暂时歇息的地方，等待夜幕的降临。他这样想着又经过了一处红柳丛，前方已经出现了起伏的沙丘。有一片胡杨林从沙包上露出绿色的树梢，看到那片林子，他心中升起了一线生机和希望。他甚至感到了在他内心的深处，正愉快地悸动着一股祈盼的热流。他不怀疑自己会再见到母亲和妹妹。今生今世，哪怕再见上她们一面，他也愿意为此付出一切。他也想知道他女友的情况，她的服装店开张了没有？她是否已经有了新的男友？想到这里，他不敢再往下想，因为他不知道等待他的命运是怎样的。当他意识到一种看不见的游离在身后的不祥的气味，他朝着一片胡杨林走去。

这时，在地平线的上方，太阳正以不被察觉的速度向那条横线靠近。戈壁，宁静而宽广。他从没到过如此荒凉而叫人动情的地方，他想道：如果重新拥有了自由……啊，自由多么宝贵！

可就在这时，他听到了狗的叫声——远远的。他猛地抬起头来。血液瞬间冲上了脑子，他不相信自己的听觉，然而，这声音是真真切切的——是的，他听到了，在戈壁的远处，出现了一个蹿动的黑点……

惊恐中，他的大脑就像子弹穿过，瞬间成了一片空白。环顾周围，除了起伏的沙丘，没有任何可以躲避的地方。慌乱中他又跑出一段，并顺手从沙地上拽出一截枯朽的梭梭柴。然而，一切都晚了：他还没转过身去，它就扑了上来。他拼力抡起手里的木头；血从他被撕开的衣肩上沁出来，这只训练有素的德国种的警犬敏捷而凶猛，它仅躲闪了一下，再扑上来，锋利的犬牙便卡住了他的胳膊——那截木头从他的手里飞离出去。他拼命挣扎、喊叫，他被它拉得东倒西歪，它的头猛力地扭动，喉结发出呼噜噜的声音；他的胳膊被撕裂开来，裸露着鲜红的肌腱，血溅在周围的沙地上……他倒下去了。

他倒下去的时候，它同时也停了下来，守在他的旁边。伸着血红的舌头喘息着。

血在热乎乎的沙地上发出一股异腥的气味。它用鼻子在他的身上嗅了嗅，随即竖起了耳朵。它没再咬他。它总是会在此刻停下来，若无其事地等着主人的到来。

弥留之中他仍有一丝清醒:他原来的计划是向东跑,经过S公路,再渡过玛纳斯河。可出了砖厂,他改了主意,向北。北面有沙漠。

这条路是他最后的一次选择。

他的脸贴在温热的沙土上,瞳孔透过泪水和泥沙映着蓝天和白云。在他一生中,他从没好好地注意过那些白云。此刻,那些千变万化的云朵,在夕阳里缓缓地流动着。他感到大地旋转起来。

这时,远处有一辆吉普车正向这边开来,后面扬起一道半透明的尘土。车上除了司机,还有两个带枪的人:一位中年人,另一位比他年轻许多。干热的空气使汽车的冷气不起什么作用,车窗一路敞开着。他们都脱了上身的制服,浅灰色的汗衫暴露在尘埃里,脸上的汗迹使他们看着不成样子,再加上路途上的颠簸,显然,他们一肚子火。

"这蠢货!他竟然都到了这里。"年轻人说。

"再往前,什么都没有。"中年人说话时看着窗外,他感到汗在身上和手指之间没完没了地冒出来。

"从早晨八点钟在操场上集合,他跑了至少有十个小时,"年轻人说,"这样算来,三个小时也就追上了。"

"这只狗太厉害了,"中年人说,"它的嗅觉天生就这么灵。下午清点完人数,我们就把它带到他的住号里,给它嗅了嗅他的衣服和鞋。它真是个通人意的东西,盯住一种气味,就能紧追不舍。"

他们说到这里就不再吱声了。已经接近了目标。

汽车摇晃起来,车轮在沙地上偶然空转几下。为免车轮陷下去,汽车绕过一个沙包,停在了几十米远的一处平实的地方。他们从车上下来时,身子还有些不太灵活,中年人活动了几下关节,随后三人朝着那边走去。

狗远远地摇摇尾巴,然而,它并没离开那个人倒卧的位置。

在大地的尽端,太阳正缓慢地沉入地平线。无际的戈壁在太阳的余晖里呈现出一层华丽的金黄,柔和的光照里飞虫集成了一团团的。这时,在戈壁闷热的空气里传来了一声沉闷的枪响……

不一会儿,吉普车从沙丘里开了出来,那只稍感疲惫的警犬卧在后排的座位上,它闭着眼睛,任凭车子摇晃。

"他是哪儿来的?"

"内地的。"

"他犯的是什么?"

"打架斗殴——总之,他有人命。"

这时,天已经完全暗了下来,汽车开了灯光,像一部玩具汽车,摇晃着,在夜色中慢慢远去。

(原载2003年美国《汉新月刊》,并获该年汉新文学奖)

蓬松的裙子

—— 为一个倒闭的工厂而作

我的后面大概是由街道和湖水组成的风景。我的右边有一些人，他们站在那儿显得很无聊。我注意到了，他们在那儿只是为了让一小段时间过去，或是等待某种偶然的情景出现。我注意他们是因为我注意到她也在其中。她穿着一件短袖有红边的浅灰色衬衫，和一条蓬松的裙子。她的头发被微风吹起时，露着白皙的颈部。不过，我不能确定她看见我没有。她在和人说话时偶尔观望着别处，就像是在等候那边将要到来的班车。

我离开了原来的位置——这并非我的意愿。我决定迈开步子，是因为我没有理由站在那儿太久。此刻，我正朝着不远处的一幢浅白色的大房子走去，我走路的样子，就像是有什么要紧的事情与前面那座白房子有关。事实上，只有在我走近这座房子的途中，我才能感受到她的目光，一种近乎虚幻的目光，就像我不能确定她是否看见了我，是否注意到我留给她的背影。

我走进了这座白色的房子。这是一个卖布娃娃的礼品店。我进来并非要买点什么,而是注意着一扇正对着外边的窗户。正如预感的那样,此刻,她正贴近那扇窗户向里张望,以致我不得不避开她的视线,像一只紧张的动物,离开了那座白房子,继而十分迅速地顺着墙根来到了那扇窗子的转弯处。在那里,我欣然看见了那条蓬松的裙子露出的一角。我惊讶地转过身去,若无其事地走开了。

但我没有走多远,或者说我只走出几步,便停在了一堵白墙的阴影里。因为这时,我感到她的胳膊正从后面搭在了我的肩上。

我转过身来,但我不敢相信,她的身体离我如此之近,以致她身上的香水味儿已经沁入我的心肺。我拉起她修长的手臂,像是在做梦。我说:

"我们见过——在路上。"

"同乘过一辆班车?"她调皮地挤挤眼睛。

"是——让我想想,该是上个周末的晚上。那天,乘车的人很多。我们隔着几个座位相对而坐。外面车水马龙,我从玻璃的反光里注意到一双眼睛,这双眼睛也在凝视着我,不加掩饰,目不转睛。"

"哦,我那是在看窗外的夜景。当时,正是下班的交通高峰。"

"那天,你穿的也是这条裙子,还有一双平底儿的练功鞋——

后来，在车厢连接的地方，我见你看着窗外，我也看着窗外。"

"仅此而已？"她微笑着，带着皎洁如月的目光。

"当然，还有，我企图随你走下车去，为的是欣赏你的背影。"

"背影——那有何不同？"

"许多年前，我曾站在这样的背影后面，在队列里，手里拿着一个铝制的饭盒，隔着许多人，而不感到队伍的漫长。事过这么久了，当年的事，你看我还是忘不掉！我始终留意着一种背影——在城市，在乡村，或是在旅途中。"

她好奇地抬着头，看着我，不经意地笑了笑，挽起了我的手臂。于是，我们离开了那堵白墙。我们的注意力也短暂地被周围暮色下街道两旁的景物分散开来。就像约好要去一个什么地方，我们走出了街道。不知不觉中脚下延伸出一条通向工厂的小路，这条路因很久无人走而显得似有似无。远处有一块散落着铁锈和铸铁的空地。那些锈迹斑斑的铸铁，正在夕阳中散发着热量。除了这些散落在旷野上的铸铁，还有一些星星点点绽放在铸铁之间的野花。而太多的蒲公英使我们走走停停。我随手摘下一枝野花，她正转过身来……

这时，远方的湖水还没有消失在我们的视线中。我将她拥在胸前，她的身体变得十分柔软。当我试探着用手去寻找她胸前的纽扣时，她的手阻挡了我，媚艳的目光让我环视着周围——湖水在远处闪光，夜色仍未降临。

我们通过一个空旷的厂区，进入一个废弃的没有机器但仍然散发着机油味的车间。这里有个通向顶楼的旧楼梯，楼梯很窄，且有些晃动。我们开始顺着这个摇摇欲坠的楼梯向上攀爬，踏板之间透着对面玻璃残缺的窗框。我们小心翼翼地向上移动着。她胆怯的样子，使我又一次怀疑这是在做梦，所以，我拉着她的手时，也偷偷拽了拽自己的耳朵，并同时往下面瞅了一眼，赫然发现，我们所在的位置，已经远远地离开了地面。

我们直到走进一个类似阁楼的地方才停下来，但没有马上进去。这个空间因长久被人遗忘，简直就像是在等候着什么人的到来，保持着原来的样子。屋顶是倾斜的，有一个狭窄的天窗。屋角堆弃着铸造用过的木模型。这些模型做工精细，上面除了有编号，每件木模型上全都写着马师傅，马师傅……墙上有一块记工用的黑板，上面的粉笔字迹里也能找得到马师傅。旁边有一张值夜班用过的旧床——我首先看见了这张床。不过，床上只剩下了床板，还有一些散落在上面的扑克牌，和一只用过的手套。虽然这不是一张理想的床，却也无可挑剔，因为，这毕竟是床啊！

昏暗中我们躺在了这张床上。这时，从窗口吹进来的是夏夜闷热的晚风。我看不清她，但紧挨着她那条蓬松的裙子。当我伏下身去时，她因渴望而不再反抗。即便这样，床板还是发出了干裂的声响。很快，我们因彼此的需要而改变了呼吸的方式，直到她轻轻地叫出了一个值得惊讶的名字。

寂静中，除了月光衬托下的浮云和偶尔经过的夜鸟，这里仅为上帝留下了一个孤独的窗口。

我醒来的时候，她在找她的衣服，她环顾四周，然后拿起那条蓬松的裙子，匆匆离开了。她赤着脚，床板发出吱吱的细微响声。在这之前，她说："醒醒吧！ 班车快要到了。"

于是，我从熟睡中醒来。我在恍惚中见她支起身子，把头发甩来甩去……天窗像冰的反光。当她重新站在我的面前时，柔和的曙光已经出现在窗框上。

我们离开那里的时候，城市在远方传来了轰响。在通过一个铁路交道口的时候，我们走散开来。

（原载《收获》2012年第2期）

山 影 拳

一

每当我走进这条繁华的大街,过三个路口,通常我会向右拐,拐进胡同,再走不远就是小姑家了。如今这儿不通了。在胡同的原处,立起一座规模不小的商厦。虽然,我只能直行,随着过往的人流,在一幢幢建筑物以及霓虹灯闪烁的街道上走着。但我时常就这样走进了记忆,并试图穿越商场下面那家派头十足的名牌鞋店,走进小姑家的那个院子。这是北京一个普通的院子,它有两扇老式的木门,青石板的走道,花坛和缀满了果实的枣树。这个温馨的小院儿,它就像小姑家院墙上的雪豆藤,爬满了我童年的记忆。

那一年,还没放暑假,姥姥就开始叮嘱我,去了北京要懂规矩。她一边给我试穿一双刚做好的新鞋,一边说:"过马路要先看左边,再看右边——记住了吗?"

"记住了。"我答应着,眼睛却只顾低头看着姥姥给我做的新鞋。

那是个久远的夏天。街道旁槐树的叶子油绿绿的，茂密的树冠里传来了阵阵蝉鸣。姥姥一手领着我，一手攥着一张记着小姑家地址的旧日历，在胡同里东张西望地查对着门牌号。云儿胡同是胡同里的胡同，它拐了几个意想不到的弯儿，姥姥费了很大工夫才找着它。她望着门檐上蓝地白字的门牌，高兴地叹了一口气，伸出了她那只戴着铜顶针的手，厚厚的门板便发出了木鱼似的响声。我从门缝往里瞧，从走道的尽头走来一位身材瘦小的女人。白净的皮肤，黑亮的短发，穿着一件浅蓝色的翻领短衫，带着江浙口音："谁呀？"

"是我们呢！"姥姥大声地应着。

小姑开了门，后面跟着一个孩子，年龄和我差不多，留个小平头，黑瘦，有点像画报上的印度孩子。这就是姥姥常提到的辛胜。辛胜不爱说话，见了我话倒不少。他把我带到邻居家，告诉他们我是他的表弟。

"你还有表弟？我怎么不知道。"他们这样问他。他含糊地答一句，马上跑了。他又打开花坛边上的水龙头，让水流出来一下，问我农村有没有水龙头，我说农村有水井。他又把我带到白大爷家去看金鱼，另一个玻璃瓶里有几只小白虾。我羡慕地凑近观察，问小白虾是哪儿来的。我一问，他们都笑了，我的方言重，一口的山东话。"俺说的有啥不对？"我一问，他们又笑了。不过，邻居们都很友善，晚饭的时候，白大爷还问姑姑家里住不住得下，不行可以去他家住。白大爷比较胖，胡子很重，眼泡有点水肿，喜欢摇着把蒲扇坐在桌子边上喝茶，或透过珠帘子望着外面，一望就是老半天。

　　我喜欢从傍晚直到天黑之后的这段时间。这段时间，邻居们会搬出板凳坐在院子里聊天。窗户都张开着，露着一个个神秘的黑洞。我和辛胜还有邻居的孩子在院子里东跑西串，弄得满身是汗。直到大牛他爸开始唱京戏，我们才停下来。他很滑稽，哼哼嗓子就把大家逗乐了，但他一开腔，立马鸦雀无声。丁香散发着淡淡的幽香，蛐蛐儿发出悦耳的鸣响，雪豆的叶蔓像剪纸映在满是月光的山墙上，这时我什么也看不见，只能听到大人聊天和扇扇子的声音。很晚大家才迟迟散去。

　　回到屋里，我仍然不能入睡。我睡的是里屋一张上铺，这里十分狭窄，闷热的空气，散发着潮霉的气味。挨着下铺有一张小桌子，上面摆一盏日光灯，微弱的光线，使周围陷在黑暗里。我摸索着爬上这块离天花板很近的床板，躺在床上，我不是在睡觉，而是在胡思乱想：天安门离这儿好近啊……有北京户口多好啊……我沉浸在一种幻想和忧伤的情感中。这样，不知过了多久，直到我要上厕所，床板便开始吱吱作响。去厕所不是容易的事，首先要通过姥姥睡的下铺，然后拉开两屋之间的门，经由外屋小姑一家三口睡着的大床，开门到院子里。然后，打开院门上的木闩——这时我会换一口气，顺着空荡荡的胡同急速地向西奔跑，经过菜站，再经过自行车存车处，就能闻到厕所的位置了。厕所里没有灯。偶尔，我还会在黑暗里和一个不认识的黑影聊天。有一次，黑影说："来点纸。"

我赶紧撕下一小块《人民日报》递过去。黑影接了报纸不说话，只顾擦屁股。等黑影擦完屁股，提好裤子才说："谢了。"

清晨，一束阳光从有栅栏的小窗户投进屋里，也从那里传来了街道上的喧哗声和自行车的铃声。在这些声音里，有时会听到一阵悠长的吆喝声，由远而近。而那正是辛胜等待已久的。他从外屋闯进来，穿着短裤，慌里慌张地问："听见了吗？"我把头钻出被窝："听见什么了？"他不由分说，跪在地上，从床下拖出一个木箱，里面装满了废品，有瓶瓶罐罐、破布头和挤干的牙膏皮，分门别类。我赶紧跳下床去，当我们把这些废品抬出去时，仍然站在了几个老大妈的后面。收废品的推着一辆平板车，穿一件有补丁的褂子，面色黑瘦，严肃的表情带着职业的尊严。他手上把着一杆秤，先称了报纸和布头，再数数牙膏皮，完后清点瓶子。除了牙膏皮，要数铜最贵，红铜又比黄铜贵。这些辛胜都没有。过秤的时候，辛胜也像大妈们那样斜着脖子关注着秤杆，称秤的男人为避免有瞒秤之嫌，用粗糙黢黑的手指稳住秤线，请人过目。辛胜挣了一块多钱，叫我很羡慕。后来，我忘了什么时候，在我人生走过的那些坎坷的岁月里，我还真曾萌动过以拾废品为生的念头呢。

小姑家的屋很小，没有活动空间。平时我和辛胜总是在街上，在西单商场或在那些散发着水果香味的柜台前闲逛。只有大人不在家时，我们才可能在屋里下围棋。围棋是辛胜教我的。在我来的那天，他就拉开了抽屉，拿出两包扣子：一包黑扣子，一包白扣子。

他摊开纸糊的棋盘，晃着脑袋说："金角，银边，草肚皮。"我捏起一个扣子，马上想到我姥姥。她最需要扣子。她常为少一个扣子没法完成一件衣服，坐在炕头上发愁。我穿的衣服也常会比别人少一个扣子。所以扣子是珍贵的。我还知道，扣子在我姥姥眼里和在别人的眼里不一样。在我姥姥眼里，扣子和珠宝都是一类东西。在她的首饰盒里，除了有一枚订婚戒指和一对耳环，还有几粒样式不同的扣子。但我从没有问过姥姥，为何把那几粒扣子留在那里。难道有一天会凑齐？

然而，眼前这些扣子都是些残次品，不是缺眼的，就是豁边了，挑不出好的来。辛胜说："别挑了，不可能的！"他抓起装棋子的布袋子掂了掂说："这种扣子是论斤卖的。一副棋至少得半斤。"后来我发现，在这条胡同里很多人家都有这样的扣子，不知是打哪儿弄来的。

我对这种扣子棋很快就入了迷，没事我们就摊开棋盘拼杀。晚上我们还常把棋盘搬到白大爷屋里去，我们再闹他也不会赶我们，还请我们用他的杯子喝茶。有时他老人家进入梦乡，我们才会被他震耳欲聋的鼾声驱离出去。辛胜做事有他的一套。每次下完棋他都会把黑白扣子分出来，装好。甚至还要数一遍。如果有一个扣子滚到床下面，他就会爬到床底下去。没找到，他会爬出来再去找手电筒。手电筒没电，他就会去找电池。为找一个扣子，他一连要去找好几件东西。

有一天，我们闹翻了，就在我和姥姥离开北京前不久的一天。我也没想到，本来我们是准备去天安门的，外面下雨了，我们只好在屋里下棋。事情是由一片"草肚皮"引起的。事实上，我们在那片"草肚皮"上拼杀了很久，最后我打击成功。但我刚松了口气，桌子就被晃动了，棋子全乱了。我知道这是辛胜成心的。他的表情也由紧张不安变为幸灾乐祸。"这盘不算。"他咧嘴一笑。我骂他输不起，赖皮相。他学着我发山东口音。我顺手一扑落，扣子落了一地。他愣了一下，突然向我扑来。我想，你扑过来就扑过来吧。结果，我还是被他给扑倒了。在我倒下去的时候，我想，倒下去就倒下去吧。结果，我倒在一盆仙人掌上。我尖叫了一声——我是光着膀子的。小姑和姥姥从外屋赶进来，小姑涨红着脸，一把将辛胜拽到外屋。我听小姑在外面训斥他。可我越听越失望。原想小姑会揍他一顿，可她一直在说："你是主人，人家是客人，主人应该善待客人。人家大老远从山东来北京看咱们……"我心想，你就别再说他了，赶快揍他吧！最好能让我听听他的哭声。小姑最终还是没有下手，我心里很不高兴。小姑说了一阵子，就擎着一瓶红药水进来了。后来我明白了，并不是小姑舍不得打她儿子，而是小姑根本就不会打人。小姑不知道打人是可以解恨的。

小姑叫我趴在床上，她擎着红药水和姥姥像看地图似的检查了我的伤势。根据她们的对话，好像什么事都没有。可又说有几根刺在肉里。小姑找来一个清理猪皮的镊子，问题才解决了。然后涂了些红药水。我趴在床上,等药水挥发。她们在处理那盆仙人掌。

"这叫山影拳。"小姑说,"多好听的名字呀!"名字是好听,可养什么花不好,要养这种带刺的花呢? 小姑说,这是观形的植物,优点是不疯长,形状像山,所以叫山影拳。但我注意到它有一边已经断裂了,流出白色的汁浆。后来小姑用一根布条,费了很大劲才把断裂的部分固定住,又把它摆回到了窗台上。

晚饭前,姑父打着雨伞去菜市场买了五毛钱肉回来。我觉得这块肉与早晨发生的这件事有关,平常总不会无缘无故吃肉。我趴在床上,望着那块肉,被小姑用刀切得很薄,薄得像卷起的花瓣。

这件事之后,我和辛胜谁也不理谁了。有时,他见我站在枣树下抬头观望,他就把嘴对着花坛边上的水龙头喝个没完;他在屋里翻看小人书,我就找个苍蝇拍在窗前打苍蝇。这样,直到我和姥姥要离开北京,我们都在别着劲儿。

时间很快,姥姥开始准备走的事了。她买了些北京果脯和一些土特产,然后把东西放进一个有拉链的帆布包里。在最后的几天里,拉链开拉的声音,预示着离别日子的临近。最后,这一天终于到了。夜里大家难以入眠,我听姥姥一直在外屋和小姑说话,除了离别的话,她们还有很多话题。一会儿农村怎么了,一会儿城市怎么了。多是有关粮食、豆油和副食券的供应问题——直到深夜。我躺在高高的床板上,面对着龟裂的天花板,所有的声音都变得模糊而遥远。

辛胜在干吗? 外屋静静的,仿佛他已入睡。

早晨,大家送我和姥姥来到北京火车站。辛胜跟在小姑和姑父的后面,他还是一声不响。大牛也来了。大家在站台上等待离别的一刻。直到火车响起了汽笛,辛胜突然从窗外塞给我一包东西。没等我细看,火车就移动了,在雄壮的音乐声中,我见他们都张着嘴,向我们伸着胳膊,直到那几只挥动的手臂迅速消失在远方。

火车走远了,我才注意到手上拿着的那包东西,当我打开它时,原来是两包扣子——一包黑的,一包白的。我望着车窗外面移动的树木和田野,眼泪有节奏地折射出窗外的色彩……

我离开了——带着两包扣子,保留着我对童年的这段记忆。它曾是我最怀念的往事,因为在我生活的那个地方,每个人都向往着北京,但没有一个人去过那里。

二

"文化大革命"开始那年,我正在上初中,农村的学校也停课闹革命了。我参加了红卫兵。这使我有机会又一次来到北京。我和几个高年级的学生,当我们疲惫地来到这个仰望已久的城市时,发现北京乱糟糟的,红卫兵戴着红袖章在街上三五成群,来来往往。人们成天在街上看大字报,看布告。

我去小姑家那天,已近黄昏,胡同变得十分狭窄。我轻手轻脚地走进了小姑家的院子,小姑家亮着灯,透过玻璃我见小姑和姑父正在家里糊火柴盒。小姑坐在床上，成堆的火柴盒摞在一旁，他们比记忆中老了不少。我没看到辛胜。

院子也不大。那棵枣树也不在记忆中的位置。没有雪豆紫色的藤蔓。那些开在我记忆中的花坛里的丁香已变成了在干裂泥土上的杂草。显得冷冷清清。

我突然的到来惊动了他们。小姑放下了手里的火柴盒，高兴得说不出话来。他们为我沏茶，拿出了果脯……我问辛胜哪儿去了，他们说辛胜正在工人体育场，参加最隆重的批判大会。还说他即便不参加这个大会，也要参加学校里的批判大会。每天回来得都很晚。

屋里还是我记忆中的那几件家具。小姑身上仍然是一件洗得发白的蓝布翻领衫。这难道还是原来那一件？我心里想着，嘴上却说："小姑还是原来的样子，一点儿也没老。"

我们聊着，窗外已经黑了。月光下，有人在院子里唱京戏，一板一眼的，是《沙家浜》里指导员郭建光的一段唱。我问小姑，这是谁？小姑说是大牛他爸，改唱样板戏了。我问起了白大爷，她放下了手里的火柴盒，看了看窗外，说有一天晚上来了一群红卫兵，把白大爷带走了，之后就没回来。她说起这件事，显得很伤感。我只好转了话题。

我边等辛胜，边跟小姑和姑父聊着。那天，电报大楼的钟声响到十二下，辛胜还没回来。我见桌子上有些旧报纸，上面写满了毛笔字，小姑说是辛胜写的。当时，毛主席的狂草体诗词被他临摹得已近乱真。有一天，我去学校找他，他汗流浃背地在写大字报，完后又用斗笔书写出一条条的巨幅标语。

我没能等到辛胜回来。改天去才见到了辛胜和大牛。在北京期间，我们每天都在一起，去过一次八达岭，还爬过香山的鬼见愁。临别前我们还进了照相馆，留下一张合影。那天每人都找来一套绿军装，照相前我们先读了黑板上的照相须知。照相须知里的第二条：凡是照瞎照笑，均由本人负责。我站在镜子面前，摄影师拍拍我的肩膀，问我准备好了没有。我说好了。可他让我把袖子再挽一圈儿，手里的《毛主席语录》再抬高一点儿。他边说边举起一个橡皮球，嘴里喊着：严肃啦——注意！他捏了一下橡皮球。结果照了一张穿军装戴军帽手拿毛主席红语录的合影。这也是当年最流行的照相姿势，这种姿势也被塑成坚硬的水泥塑像，到处可见。照片洗好后，虽然看着没瞎也没笑，但我还是摇了摇头。因为，照片当中的我，由于袖子挽得太高，看着就像是准备下地干活；而且，由于我的疏忽，风纪扣也忘扣了，露着我拱起的使人看着心事重重的喉结。为此我深感遗憾。可这怪谁呢？小姑把它镶在了镜框里，挂在了墙上。

从那之后，我再也没去过北京。直到许多年后，我们的青春年华终于和那场革命运动一同过去了。后来又经历了许多事情。姥姥已经过世。许多记忆中的事变得十分遥远。没想到的是，经过无数的周折和努力，我也调到了北京，在一家刊物搞摄影工作。

有一天，我带着极大的好奇和对童年的记忆走进了云儿胡同，但眼前的一切都不再是记忆中的了。小姑和姑父已经老了。辛胜和大牛都已结婚。白大爷没能挺过那段动乱的年代。在我们老去下棋的他住的东屋里,又搬进一户陌生人。而那个恬静的小院儿早已原貌无存。没有枣树,没有花坛,也没有雪豆紫色的藤蔓。院子里加盖出一间间小厨房,仅留了狭窄的走道。走道两旁堆满了蜂窝煤。头顶上交织着晒衣服的绳子。叫我意外的是,小姑家里一切如故。岁月能改变一切,却没能改变小姑家的室内布局。屋里还是那几件家具。不过,里屋成了辛胜结婚的新房。有婴儿的啼哭声从昏暗中传来,我童年睡过的那个上下铺竟然还在。墙上依旧挂着那个陈旧的相框,我和辛胜还有大牛那张早已发黄的合影依旧镶在里面。

辛胜当了工人。那天他骑着自行车下班回家,身上带着一股机油味儿。我见他几乎不敢相认。因为,在他老气横秋的脸上,无论怎样,都看不到他小时候的影子了,只是声音一点儿没变。他很高兴,找着可谈的话题。但除了提起小时候还能聊几句,沉默的时间太多地间隔在我们的对话中。他说工厂很远,常要加班。他开始一根接一根地抽起烟来。"你还下棋吗?"他笑了笑,摇摇头,却起身进了里屋,不一会儿,竟然又拿出了两包扣子来。不过,那天辛胜输了。他说当了工人就很少下棋了。听他这样讲,我头一次感到赢得不舒服。小姑和姑父那天情绪非常好,小姑的脸上因兴奋焕发出红润的光泽。我记忆中从没见她那样快乐过,或许是多年不见,或许是我们都已长大成人。除此之外,她的快乐还能来自何处?

我的生活变得更加忙碌,除了机关里的事务,我也常去外地出差。我虽然多次去过小姑家,但相互联系得越来越少。甚至,我常常忘记和小姑家住在同城了。久而久之,最终还是断了联系。许多事也逐渐被遗忘了。可白天想不到的事,晚上反而会梦到,有几次我梦见了云儿胡同,梦见童年去小姑家的情景。我从梦中醒来,在往事的回忆中失眠了。我盼着天快点亮起来。只要天亮了,就能去小姑家了。何况,小姑家并不远,只要顺着长安街往西走,到了西单再往北,散散步就能到了。可白天和晚上是不一样的,许多夜里感到急迫的事情,天亮了,也就不是马上要去做不可了。

　　就这样,又过了一些年,北京发生了巨大的变化,新型的高层建筑如雨后春笋般包围着这座古老的城市。从外地来的人也一天比一天多了,胡同里越来越拥挤。有些胡同被拆了,很快盖起了大楼。可人还是越来越多,剩下的胡同也都不是过去的样子了。只是小姑家的那条胡同有些例外,虽然它也在旧城改造的行列中,但迟迟没动静。终于有一天,云儿胡同突然开始拆迁了,可拆到一半就停了。据说,云儿胡同是由于它的地理位置、土地和搬迁费等问题停下来的。谁知道呢?总之,只有云儿胡同拆了一半,剩下了一半,就停止了。小姑一家仍住在那两间小屋里。房子已经多年失修,潮湿,漏雨,油漆脱落,即便这样,由于随时都有被拆迁的可能,没有人愿意再花钱装修它了。

　　就这样,直到有一天,我们搬进了一处新居,这是一套全新的公寓楼，我们在二十层。说来也巧，那天我从窗户向外瞭望，竟然看到了云儿胡同和小姑家的那个院子。我十分惊讶，妻子和女儿凑过来，我告诉她们，我看到了自己小时候生活过的一个地方。我叫她们再靠近点儿，指给女儿看："那就是我像你这么大的时候住过的地方。"

"对了，你不是说要去看看姑姑他们吗？说了都几年了。"我妻子说。

"是呀是呀，该去看看了。"

"那就定个时间吧。"

有一天，我出差回来，我妻子说小姑他们来过了。我感到有些意外。她说那天下午她没有认出他们来。姑父手里拎着两盒点心，头发斑白，小姑更是没有一根黑发了。我妻子所说的小姑，似乎并不真实，仿佛是我记忆里那位年轻的小姑化装而成的。小姑那次来，是要告诉我们搬家的消息。据说，云儿胡同这次是真的要拆了，是要通通拆完的。

我妻子说，除了点心，小姑还送来很大的一盆花。小姑说她老了，这盆花他们不能再养了。记忆力不好，有时都忘记给花浇水了。她说我们这儿光线好，可以好好照顾它。

这时我注意到，客厅的阳台上多了一盆高大的仙人掌。我走近它，摘下了眼镜：

"山影拳？"我认出了这盆植物。

我细细地端详着它，只见它峰峦叠翠，就像一座巍巍壮观的山景。然而，在它一处峦脉相连的地方，有一道垂直的灰白色的疤痕，仿佛是幽谷间垂流而下的山泉。那不就是我和辛胜为了下棋打架碰伤的地方吗？这盆花竟然能养到今天！我想起了那年；想起了那个有着绿荫蝉鸣的夏天，姥姥带我去小姑家的那个遥远的日子。历历在目的往事，激起了我对小姑家那个小院儿的不尽怀念。虽然时光不能再现，但那段童年往事，只要推开沙发边上的那扇窗户就能看得见了。为什么一天能做的事，却一生都没有去做呢？好吧，现在就让我来做这件事吧！我穿好了衣服，带了早就准备好的礼物。

可是，就在这个时候，我的视线不由得望向窗外——然而，眼前的景象使我赫然惊呆了，那些波浪般起伏的瓦房不见了，云儿胡同变成了一片废墟。灰雾中有几台推土机正在清理着堆积如山的垃圾。

不久后，我收到了一封信，信是辛胜写的。信中告知，小姑一家已经搬离了北京。据说，那是一个离山很近的地方，那个地方我也听说过。虽然交通不便，但他们对那里的生活感到满意。

后来，在云儿胡同——在那半条胡同的旧址处，一座新型的商业大厦平地而起。可我老了，每当我走进这条繁华的大街，过三个路口，我还会想着向右拐，因为，拐进胡同再走不远就该是小姑家了。

（原载《十月》2011年第6期）

聚　餐

　　我进来的时候这里已经坐满了人。聚餐刚刚开始。在夹道前面一处宽一点的地方,手风琴手正在演奏一首改了词的老歌。他耸动着肩膀,拉动着琴箱,动作有些夸张。我在门口站了一下,注意到大多数人都不认识。

　　我顺着光线暗淡的边道往里走,在靠近墙角两张拼接在一起的长餐桌上,遇见一个面熟的人。他也记得我们在哪里见过面,但我们把见面的时间、地点都忘得一干二净。我在他旁边一个空位上坐下来,这时,除了他,几乎没人注意到我。

　　我不是太饿,看着满桌子的酒菜,先要了一扎啤酒。我是个不善社交的人,见了陌生人多少会有点儿不放松。可近年来,我却参加了不少这类聚会,来宾都是主人请的,互相并不认识,如果主人顾不上介绍,乏味是难免的。

　　"你呀——是你。"面熟的人兴奋地说,"咱们又见面了!"

　　他拿着雪茄,脸色绯红,一直延伸至耳朵和头发稀疏的头皮。

他说话时并不专心，说不了几句就会去拿桌子上的一部手机。起先，手机是在他的裤兜里，后来摆在了桌子上。它在那里轻轻振动了两下，大概是条短信。停了一会儿又振动了，他拿起它时，表情忽然趋于神秘：

"喂，改天吧……你听我说。"

在他的另一边，有一个体态发福的中年男人，正在给身边一位年轻女子夹菜。那女子穿着很入时，耳垂上晃动着一对蓝色的大耳环，泛着鹦鹉羽毛般的光泽。我注意到她，除了她的美貌，更是因为她年轻轻的，却在谈着生死的话题。

"想想，我们每天都死了一点儿，不是吗？"她笑着说。

中年男人点点头，他每喝下一口酒，都习惯紧闭一下肿眼泡："可我真死过一次，大概在三十年前吧。"

"哦，是吗？"

"我们老家，夏天热得要死。我和几个孩子，背着我的舅舅到一个涝坝去，我不会水，脱了衣服就像是去自杀。"他用手做了一个入水的动作。

"妈妈说，我小时候也是差一点儿，不过是煤气中毒。"

"我也被煤气熏过，当时不知道炉子没有封好。"

"我倒没印象了，是大人说的。"她说着把一只扒好的虾放进嘴里。

"是吧？我以为水不深，不知道人家是在踩水。那个年龄，傻得很。我跳下去,是一个人救了我。"

"什么人?"

"仇志科。他叫仇志科。"

"仇志科? 这名字挺怪的。"

"救命恩人—— 按说这个名字并不好记,可我一直还记得,他叫仇志科。"

大耳环这时斜了一下身子,让一个男服务员把一盆大闸蟹越过中年男人的肩膀摆在了桌子上。她同时注意了一下斜对面的两个说上海话的女人。那里光线较暗,一个把头发削得很短,看着甚至有点儿阳刚之气;另外一个,把头烫成了带卷的短发。从我进来时她们就在那里嘀嘀咕咕,说的是我能听懂、周围的人或许听不来的上海话。不过她们说话声音很小,小到有时完全没有了声音。只有个别的字咬得像是在形容玻璃刀滋滋的声音。所以,上海人聊天,声音不要太大,并不会影响到周围的人。

面有阳刚之气的那位女士,注意了一下自己的衣服—— 一件薄纱质的黑短衫的袖口。那里和领口都镶了成串的料器珠儿。过低的领口,显得她那半露的乳房就像锅盖没有盖好露出的两个白馍馍。然而,她表情冷漠。冷漠到让我甚至觉得,这场晚宴隐藏着某种不安定之感。但听她说话的口气,她似乎还是在某个与艺术有关的行业里做得蛮成功的女人。

"来吧,这只是母的。"她旁边的那个女人递给她一只螃蟹。

她立刻摆摆手,甚至倾斜了身子,以急快的上海话说:"No——no,阿拉末兴趣!吃螃蟹是要有八大件的嘞,侬晓得伐?像抠肉用的小勺子啦,夹肉的小镊子啦,搞一只,乖乖,也要俩钟头。"

"是呀,吃螃蟹可有讲究嘞。"卷发女人说,"可现在——Forget it。"

"没工具,阿拉宁可不碰它。要吃,就弄得一点肉丝丝不留,那才叫功夫嘞。摆回盘子里,原模原样,还栩栩如生呢。"

面有阳刚之气的女人,说着又习惯地低了一下头,看看胸前一个带翡翠坠子的项链。翡翠晃荡在她两乳之间,让人感到一阵冰凉。随后,她又凑近那个卷发女人的耳朵,我听不清她们在说什么了。但见她似乎无意地瞅了对面一眼——她夹起一块水煮鱼,准备放进嘴里的时候,眼神却不在筷子上,而是朝着戴大耳环的女子那边冷冷地注视了一下,随即收回了目光。除了我,谁也没有看到这一眼所透出的目光。完后又在小声说话,一种优越感,一种看似得意的神态,瞬间挂在了她那单薄的嘴角上。这时,她再次凑近了那个卷发女人的耳朵,同时窃笑了一下,拿起酒杯,两人对视着,碰了一下杯。而那个面带阳刚之气的女人,突然用普通话提高了声音:

"怎么能用这种杯子喝红酒?这是喝汽水的呀!"尔后,她抬头望望周围,像是在找什么人,但不愿让视线和什么人碰上。一个女服务员马上过来问她需要什么。

"冰块！"她冷冷地说。

"再喝，我可回不了家了。"卷发女人说，"我的脖子——哎哟，昨天落枕了，疼得要命。"

"你换了电话也不告诉我。我还没问你，他老婆比你大几岁？"

"比我？我哪里晓得呀——昨天晚间我做梦了。"

"呵呵，还是你看着年轻嘞。"

这时，在另一边，大耳环转动了一下身子："你认识她们吗？"

"谁？你说的谁？"中年男人看了一眼斜对面那两个说上海话的女人，"哦，不认识。"他给大耳环挑了一只螃蟹，自己拿了一只。

"我以为你认识的。"

"不认识——对了，你是做什么的？"中年男人问。

"我是L杂志时装栏目的编辑。你呢？"她拿出名片递给他。

"我是画画的，喜欢收藏古董。"

"哦，古董，我很感兴趣的。可我真是不懂这些。我一看，你就是个搞艺术的。"

"为什么？"

"呵呵……因为你们艺术家看人的眼神不一样。"

这时，在前面另外一张桌子上，有一个男人被人从一把椅子上搀扶起来了。大概是喝多了。他们架着他，就像是从事故现场救出伤员，正在往洗手间走。那个人耷拉着脑袋，嘴里说着什么人的名字。但那两个人似乎也不清醒——那是女厕所，他们就这样把他架进去了。

面熟的人已经安静下来。手机又放回桌子上。他拿着杯子，向我劝酒。但他换了话题，竟然悄悄问我，这里有没有我喜欢的女人。他提问的神态就像在谈论饮食，或运动什么的，一本正经，甚至是一脸的严肃。我看他并非有意在寻开心，就敷衍地说："没有什么喜欢不喜欢的。"

"朋友，您不够痛快！"他说，"我说话您别介意，如果就这张桌子上的女人让您挑选一个，您会选哪一个？"

我虽然摇了摇头，却也抬头看了看其他的餐桌。"是没有什么。"我说。

他猛吸了一口雪茄，说我不可能没有喜欢的。"那个戴大耳环的你不喜欢？"他凑近了我的耳朵，"可你一直是在注意她呀！我问你，再过去一点儿——那个卷头发的，你也不喜欢？不喜欢女人？看到她，你真的像看见了木头，没有感觉？"

"我说你喝多了。给您来杯茶吧？"

"我喝什么了——这点儿酒？"他眯着眼睛说，"我很清醒的——兄弟，我不开玩笑，人应该坦诚些，特别是我们男人，不然，聊什么呢？"

我看他十分认真，就说："要说感觉嘛，不如那个上菜的服务员。你对她至少没有反感吧。"

面熟的人朝远处眯了眯眼，点了点头："嗯，老兄，你不是不懂，你懂——来，喝酒！"

这时他的手机又振动了，就像一个翻不过身来的甲虫，轻轻碰动着旁边一个盛着姜汁的碟子。他拿起手机看了看，摇摇头，把一只通红发烫的手扶在我的肩上，十分认真地问我，如果有人叫他现在就走，他该怎么办？我不明白他的意思，他是有点喝多了。我说："当然不该走了，聚会还没结束，这个时候离开，我看是不礼貌的。"

"是呀——是呀，可催我好几次了。"他似乎有点不安起来。

我不太明白他的意思，他说的是谁？

"走不走自己不能决定？"

"我是人家的车夫。"他摇摇头。

"车夫？开车的当然要服从别人的时间。不过，你不能开车，你喝酒了。"

"谁是开车的，我又不是她的司机。"

"既然这样，那就喝完了酒再走吧。"

"好，听您的——哥们儿，我不会走的！咱们见一面不容易，还没有喝好呢……你放心，我要是走了，我不是个男人！"

他话里有话，像是在跟谁赌气。他不喝别的酒，只盯着啤酒喝，而且喝得很多，也没见他上厕所。我看不出他的年龄，应该有四十了吧？他说他是属马的，比我大几个月。但我们始终没能离开有关女人的话题。按他的理论，根据属相学，我们应该找属猴的，也可以找属羊和属鼠的。另外，他说他要找属牛的，躲开属虎的。

这时，他的电话又来了，那个电话在他手里振动得就像一把电动理发推子。"喂——喂，这里信号不好。"他边说边站起身来，转头又重复了一句：

"记着——哥们儿，离属虎的远点！"仿佛有点语重心长。

他离开座位，走到墙角打电话去了。那里有一盆很大的龟背竹。

这时，我突然想起来了，我和这个面熟的人，曾经见面的时间、见面的地点，一下子都想起来了。也是在一个类似的聚会上，他一直在打电话——是他，而且也是站在一个墙角里打的，直到结束。

"好吧，那我问你，什么是幸福？"这时大耳环说。

"只要高兴就是幸福。"那个画画的中年人回答。

"这样说，等于否认了幸福的可能性。"

"为什么？"

"因为我从来都高兴不起来。"

"让我看看你的手相吧——另一只手。"

"你能给我们杂志写篇有关古董的文章吗？"她伸出手来。

"当然可以，但有个要求……"胖子握着她的手，"我说了什么，你不会在意吧？"

"不会。随便你说。"

"一个感情丰富的女人。"

"嗯——还有呢?"她脸色绯红。

"还有,听听就算了。"

"嗯。"

"你的性欲很强。"

手风琴的声音再次响起。有人在狭窄的走道上跳起舞来……

几曲过后,一个大蛋糕端了上来,我才知道今天是某个人的生日。寿星是一个中年人。他低调地说了几句话,便在一片掌声中,切开了一个精致的、叫作"百花不落地"的大蛋糕。然后他举杯,感谢诸位的到来。随后,一个男主持人请大家安静一下,他提议,请一位年轻的诗人朗诵一首他的新作。

可就在这首诗读到一半的时候,那位带有阳刚之气的女人的座位空了,没人注意到她是何时离开的。而且,意外的是,那个与我面熟的人也不在了。墙角只留下了那盆龟背竹。

寻人启事

一个周末的晚上,我的朋友老贺约我去一家酒吧里坐坐。这是座刚开业不久的饭店,酒吧在楼的顶层,我们的桌位挨着一处环形的落地窗,透明的玻璃融合在夜晚华丽的阴影里。

"北京真是越来越大了。"老贺喝着葡萄酒,若有心事地望着窗外。

"是呀,"我说,"不知你注意到没有,城市变得太大,寻人启事也越来越多了——电线杆子上,车站附近,甚至贴到了我家门口。"

"这我倒没注意。不过,有几个朋友也都不知被拆迁到哪里去了。那些寻人启事,没准还有找我的呢。"老贺笑了笑,转头看了我一眼,又转向窗外,像从直升机上向下望着,"你看这个位置,原来是我家的那条胡同……"

"当然记得。那时我常骑着自行车去你家找你,一起去什刹海游泳。这条胡同没了,我家的那条胡同也没了。胡同没了来这边都会转向。"

老贺在一家很有实力的公司里工作,他是总经理。这些年老贺挺成功,他对将来的市场发展也很有信心。据他看,现在最大的是用人的问题。

"我们需要德才兼备的人。"一提到人,老贺竟然皱起了眉头。

"对人的要求不能过高。"我说,"要切合点实际。"

"最近,我们开除了两个年轻人。他们虽然精明能干,却弄虚作假。"老贺说,"我很失望,我不是没给他们机会。做人要有基本的品质,人品不行,本事再大也不能用!"他有些不快地喝下一口酒。

"利用广告,招几个人不会难吧?"

"你不知道,做我们这行,"老贺摇摇头说,"诚实可信的人,就像大熊猫似的越来越少了。"

我知道老贺最近在用人上吃了亏,公司也蒙受了损失。在今天这个经济日趋繁荣的社会里,人的思想和行为也发生了彻底的改变。一个显而易见的现象是,大家变得谁都不能轻信谁了。

我们沉默地喝起酒来。窗外,灯火绵延的城市正像一个庞然大物,以它灯光的触角向着远处无限地伸展蔓延。

我们聊着聊着,老贺想起了一件小事。他说许多年前他还在工厂当工人,常要上夜班。从他家到东郊的工厂要骑一个多小时的自行车,下班后,往往是一个人走在郊外荒凉的小路上。一天夜里,他下班从工厂出来,骑了一段,就发现自行车没气了,只好推着车往家走。走了一阵子,从后面骑车过来一个陌生人,天很黑,他几乎看不清这个人的样子。陌生人停下车来,好像没说话就知道了他的难处。这个人问他怎么了,他说,自行车没气了。

黑暗中,这个人摸索出一根绳子,把老贺的自行车前轮并排固定在他车的后轮边上,然后用后座驮着老贺往家走。当时老贺住东四,而那个人住在安定门附近,并不是很顺路。一路上,他和这个陌生人轮换着骑。到了他家门口,两个人都已经满身是汗了。老贺过意不去,想请他进屋歇一下,喝口水。那个人却说不用了,"都是上夜班的,没什么。"说完就骑上自行车走了。

老贺说,这件事他一直都忘不了。

说来也巧,我同样想起一件事,并且,也与自行车有关。事情发生的年代与老贺说的差不多。当时的北京不像现在这样大,高楼、饭店、车辆也没这么多。这座城市,还只有二环路。一天晚上,我吃完晚饭,骑着一辆摩托车在街上兜风。车辆少,也没什么人。我是由东单向建国门方向骑,在我快骑到建国门大桥掉头往回走时,抄近路,一没留神逆行拐进了人行道。这时刚好有一个人骑自行车过来,我躲闪不及,结果碰到了他。幸亏速度都慢了下来,人没事——我已经停住了,他只是手扶着车把倾斜了一下,就站住了。

我当时一急,责怪他这么宽的马路也不知躲一躲。他大概有二十几岁,中等个儿,也许是他那副生气的面孔,使他看着并不是挺顺眼的人。他反问我,会骑车不会?想往哪儿骑?不行可以找警察。

完后，他把自行车支在一边，用手转动了一下车的前轮，没想到他的车轮已经拢得不能骑了。

我意识到自己没占着理，找警察也是我的责任。我与他争了几句，就换了口气，问他想怎么办。可他看着一点也不痛快。我考虑这么晚了，车也没地儿修理，无非是赔点钱给他了事。我说给他五元钱，他也同意了。可那天我的兜里只有一张十元整钱，当时的十元钱不像现在只能买两瓶汽水，我的月工资也只有几十元。我拿出那张十元钱来时，他说没钱找给我。我问他身上有多少，他面无表情，说他没带钱。"一分都没有。"

我斜了他一眼，想与过路的人兑换一下，结果等了老半天，也没人能兑换。这时已经很晚了，望着路灯下空荡荡的马路，行人也越加稀少，我们僵持地站了半天，最后没辙，我只好把那张十元钱给了他。

他接了钱，从衣兜里找出一张纸条和一支笔来，叫我留下姓名和住址。我捏着他递给我的一截铅笔头，心想：钱还能不够吗？我知道有些人是一点亏都不能吃的。我写了我的姓名和住址；他睁着眼睛，一直看着我在纸条上写完，好像生怕我会写错了似的。

他拿了那张纸条，没再说话，推着自行车顺着长安街向西走了。车轮擦在挡泥板上发出咔啦咔啦的声音，老远还能听见。

几天后，让我颇感意外的是，我在信箱里发现了一封信，拆开来，里面夹着钱和一封短信：

高剑同志：

你好。

前几天很忙，所以星期六下午才去修车，拖延了两天，很对不起。现在车已修好，调整了一下钢圈，共用了八角五分钱，剩下九元一角五分钱退还给你。

没留姓名。而且，信封上也没有投信人地址。

我讲到这里才注意到，老贺的手正僵硬地捏着那个空了的高脚杯，眼睛变成了"干红"的颜色。"这是真的吗？"他说，"好人哪。"

"是呀，信里还夹着修车付款的发票。"我说，"这虽说是一件小事，但可以说一件小事也能影响人的一生，它甚至使我免遭了人性的堕落呢。有时我会想，在我们的生活里，如果每个人做事都能这样认真和诚实，该有多好！老贺，你说呢？"

这时，老贺伸出手来，挡住了我的酒杯。他一本正经地说："现在，我们公司就需要这样的人，真的！我很想试着来找找他。"他说这话时，表情是认真的。

"是呀，可又没名没姓，再说，这是哪年的事了？"

"也不一定，我们也刊登个寻人启事，兴许真能找到他呢。"

"哈哈，就算找到了，人家也不一定愿意去你公司工作。再说，人的变化是难以想象的，这样长的时间，想过没有，比方说他已经随着社会的变化而改变了。"

"但这并不重要。无论他现在是已成为本市的市长，还是变成了狱中的囚犯，我都希望能找到当年这位诚实的人，看看他经历的是怎样的人生。"

老贺的眉头已经舒展开来。我知道老贺从小就有一种做事执着的性格，他是善于把想法变为行动的人，这正是他事业成功的原因吧。

我看看周围，发现酒吧里除了我跟老贺，已经没有什么人了。吧台里的调酒师，一位年轻小姐，正面带疲倦的微笑看着我们……

"好吧。"我答应了。

这就是我写这篇《寻人启事》的原因。

其中我还写道：这件事，如果您和我一样，同样还铭记于心，当您看到了这篇《寻人启事》，请跟我联系。我想，即便漫长的岁月使我们都有了巨大的变化，那应该也是我们所关心的。无论如何，我期待着您的消息。

第十四小区

干部休养所刚建起来的时候,算是这里最叫人羡慕的住宅区了。二层的小楼,一排排地坐落在第十四小区防风林的南侧。平时,进入此区的铁门关闭着,来人都要先登记方能进入。在经历了"文革"以后,地处中国西部的这个边远的地区,有一批老干部陆续离退休了。他们各自有着不同的原因,都不能再回到遥远的家乡。

在干休所潘所长办公室里,有一个记事簿,上面除了记着这里每一户的姓名和电话,有些还这样注着:刘政委心脏病,徐处长肩部枪伤,吴团长二级残障……潘所长记下这些琐碎的细节,仅仅是为了工作上的方便。所里每年给大家例行一次体检。平时,如有哪位身体不适,潘所长就会派车拉着去医院。要是遇到个婚丧嫁娶的事,潘所长也都要帮着张罗,忙前跑后,从不推辞。平时见面,他都是以职称来称呼这些老干部,他们则叫他小潘所长。

在干休所大院的东侧有一块空地,这里有个小花园,安置着凉亭藤架、石桌石椅。早晨,人们喜欢在这儿晨练。夏日的傍晚,高大的白杨林透出清凉的晚风，人们常会带着自备的茶水在这里消磨傍晚的时光。有聊天的、散步的；有下棋的、观棋的，有时直到天黑看不见棋子才算结束。在适当的时候，所里还会组织大家出去郊游，但这种郊游的范围仅局限于附近的郊区。在此地方圆数百里，祖先没有留下任何名胜古迹。所以，这种活动往往是在大泉沟水库的边上进行的一次野餐，或是在一个简陋的有着中式凉亭和沙枣树林的公园里待到黄昏。几年来，这种活动都是老一套。再远一点的，像是南山的温泉，就从来没去过。而要带大家去温泉，潘所长已经说了不止一次。

"小潘所长，今年该去了吧？"吴团长坐在葡萄架下，他扶着拐杖，手背上青筋凸起；他看着树叶间流动的白云，又像是随时要起身的样子。

"去温泉，是呀，是呀——可天还凉，等再暖和一点吧。"潘所长一边做着太极拳的动作，一边回答着。

温泉在南山方向，路途较远。起初，潘所长担心这些老干部的身体支持不住。为了这趟温泉之行，潘所长早就做了充分准备。可到了这一天，他所担心的事并没发生。他为此行精心准备的那些急救药品、血压计，还有氧气袋什么的，一样都没用上。许多年后，谁也没有想到，这样一次普通的郊游，却在人们的记忆中甚至变成了一次难忘的事件。

这是一个晴朗的早晨。车窗外面，正是六月大片的麦田。远处，是晨光中淡淡的山脉。路上的风光总是迷人的。浓浓的麦香飘进车里，大家谈笑风生，仿佛这辆旅行车里坐的是一车夏令营的儿童。

"这麦子长得多好啊！"

"你还记得从前的这里吗？"

"从前这儿有什么？戈壁滩。胡杨林。我怎么不记得？这一带都是咱十二团开发的。"

"是啊，那年搞会战，我负责全团的机耕工作，有时几天几夜不睡觉。开荒犁地，拖拉机二十四小时不停机，机车保养加油，加上吃饭，不得超过四十分钟。那年夏天，各团场还展开了开荒竞赛，叫放鸽子。我们吃在地头，睡在地头。当年干活简直就是拼命！"

"是呀，我记得团里机耕队有个女拖拉机手，人是又漂亮又能干——叫什么来着？姓李的，你跟她好过，李什么来着？你看我的脑子。"

"呵呵，你还记着她呢？"

"她可是机耕队的一枝花。你追她，可你的动作太慢，放了鸽子。"

"咳！多久的事儿啦。我年轻的时候见女人害羞，每天忙着竞赛，不然，怎么会放了鸽子？你的记性真好！"

"过去是不能忘记的。忘记了过去，那将意味着什么？"

"背叛！哈哈……这可是列宁同志说的。"

温泉隐藏在深山里。

这里的水温适中，景色宜人。温泉才建好几年，里面的设施虽然没那么讲究，也是应有尽有了。到了温泉，潘所长开始清点人数，登记，然后带着大家经过后花园一个带天窗的通道来到水池边。他先把大家交给他的拐杖、助听器什么的——存放好。然后，他扶着吴团长，十分小心地让他笨重的身子浸入水里。他看看周围，等每个人都下了水，他才在一把藤椅上坐下来。他的后面有一棵人造的棕榈树。他在那棵棕榈树下注意着大家——注意着每一个人。看着这些裸着身体的老人，至少，有一个现象他是注意到了，那就是这些人的身上，多多少少都有一些叫人疑惑的疤痕。虽然，这里每个人的经历互相都有所耳闻——但大家泡在一个池子里，仍不免就经历的话题闲聊起来。

"老吴，人都说你的命大呀！"徐处长说。

"命大。没读过书。"吴团长摸着左胸上边的一处伤疤说，"不瞒你说，我当了连长还不会写自己的名字嘞。参加革命时我十六岁，家里没吃的，就跟着大人去打日本鬼子了。一九四四年秋天，那是我第一次打仗，就参加了同乐战斗。当时，我们班的任务是掩护一个连的人撤退。可我们十二个人只有七支枪，其他的人只有两颗手榴弹。鬼子和伪军上来了好几百。我们没打几枪，子弹就没了，只能跑。可我们的鞋不行，又遇到了石头路，很快鞋底就坏了。他们在后面拼命追，喊着抓活的——这些杂种，和我们都跑到一块儿了也不开枪。这时，我们的增援部队埋伏在山上，没看清楚就开了火。结果，我们被自己人打死了六个，打伤一个——我的左肺被打穿了，后肩胛骨掉了一小块骨头。这一开枪，敌人掉头就跑，也就不追了。"

"呵呵，还有这种事。"有人凑过来，看看吴团长的伤疤说，"真够倒霉的。"

"可我竟然没有死！养好了伤，后来我又参加了一九四六年八月的集宁战斗。那一仗打下来，倒是什么事儿都没有。但在一九四七年十月的清风店战役上，我又差点死了。我当时在晋察冀四纵队第十一旅的三十二团一连二排当排长——你看我的脑袋，一颗手榴弹落在这里，竟然没有爆炸。我被打晕了。他妈的，爆炸也就得了。结果，我躺在那里，没有担架。两个人拽着我的腿跑，头皮都磨破了，还在跑。他们把我拖到一棵大树底下，一个说我死了，一个说我没有死。两个人就像是在打赌。其实我听得见，只是睁不开眼。我心想：这就算死了吗？我真的就这样死了吗？我听他们正准备放弃我撤退，就用了最大的力气睁了一下眼睛——这才得救了。清风店战役结束后，部队给我们排记了集体大功一次。每人发了一个笔记本，还照了集体相。此后，直到一九四九年四月，我分别又参加了昌黎战斗、新保安战斗和太原战斗。"

"你这辈子尽是战斗了。老吴，那你的腿是在哪里负的伤？"大家边洗澡，边问这问那，又像是听故事似的听吴团长说。

"虽然解放了，但没想到更惨烈的战争开始了。刚安静了些日子，我们就接到了抗美援朝的命令。一九五一年元月，我随所在部队，十九兵团第六十四军到达朝鲜。我时任营长，历经了五次战役，回来的时候，我们一个营的战友只剩下了几个人，我又算是一个。这次是炮弹把坑道炸塌了，我的腿被一根木梁死死地卡着，骨头断了。背上烧焦了。我以为这次是真完了。可醒来的时候，我发现是躺在医院的病床上。旁边还摆着几枝野花。看到了鲜花，看到旁边穿着白大褂的女护士，我就有了知觉——那感觉真好呀！腿骨也被接上了，背上做了植皮手术。后来，我被授予了一枚朝鲜方面颁发的三级国旗勋章，据说每个回来的营长都有。虽然是这样，可我并没感到无限光荣啊！因为在朝鲜的汉江战役中由于我营没能按时到达指定地点，作为营长，我受到了党内警告处分一次。"

吴团长说到这里，似乎带着泪花，他闭上了眼睛，像一只河马那样把整个身子沉到水里去了，然后再慢慢浮出水面，似乎想抬起他那只受过伤的左腿，利用水的浮力，做了一个腹肌收紧的动作。

"战争真的结束了。"他接着说，"颁发给我一枚国家自由独立勋章和一枚解放勋章。最后一枚是朝鲜战后颁发的红旗勋章……但我有些迷茫，甚至有些担心，仗打完了，我们这些老兵还能干什么去呢？我心想，只要不叫我离开部队；只要永远都是军人，去哪里、干什么都行。结果，我们被告知，到边疆去就能满足大家的愿望。我向组织提出了申请，就到边疆去好了。起初上级也担心，怕我的腿不好，走不了那么远。可我认为自己和大家一样，别人走多远，我也能走多远。我在自愿申请书中写道：只要不离开部队，任何条件我都接受！可谁也没有想到，我们刚登上西去的列车，就给我们每人发了一个退伍军人证。许多同志承受不住，在火车上哭了。我也哭了——只是流泪。我一生就哭过两次，一次是在朝鲜，当身边的战友们死去的时候；一次是在列车上，当他们摘下了我的领章帽徽的时候。组织上安慰我们说，你们虽然是退伍了，但你们还是军人。你们永远都是军人！你们去的地方叫新疆军区生产建设兵团。你们虽然没有领章帽徽，你们仍然要像个军人的样子！

"我们来到了这里，开始在戈壁上垦荒，住地窝子，很艰苦，起初也没有水。有时想不通，可一想到死去的战友，想想自己还活着，也就想通了。我也问过自己，如果我们不到这里来，叫谁到这里来呢？难道我们打仗负伤，立功受奖，就该坐享其成了吗？我甚至为自己有过这种想法感到羞愧。何况，组织上还帮我成了家，找了一个山东姑娘给我当老婆，虽然没有孩子，还是享受到了人生的乐趣。知足了！"

水汽弥漫在周围，涌动的水流带出一股股硫黄的味道，周围的人，一时不再说话。片刻，有人才接着说："咳！老吴，看看我这里，"刘政委从水里露出了屁股，"这是进疆剿匪留下的枪伤。"

"那你的胳膊——右肩上的，那块疤是怎么搞的？"

"这是'文化大革命'那年，被红卫兵打的。他们用一根缰绳捆了我三天,后来发炎了……差一点要了我的命!"

有关疤痕的话题,讲述起来总是具体而清晰的,它记录并展示着某一件事情的发生。不过这些故事潘所长基本上都听过,特别是吴团长这些战争的回忆,他完全可以代之讲述,因为附近的学校每年都要组织学生到干休所来听老干部作报告,讲述革命故事。每逢六一儿童节,孩子们会戴着红领巾,唱着校园歌曲,排着长队走进干休所的大门。大家来到东楼二层的活动中心。在这里,孩子们坐在装饰洁净的大厅里,前面挂着少先队队旗,讲台上摆放着玻璃翠花。吴团长系着红领巾,胸前佩戴着共和国颁发的战斗勋章,坐在讲台上。每当他讲到一些感人的场面,特别是讲到在与敌人生死搏斗中死去的战友;讲到在敌人的炮火下,战友们散落在山冈上的尸体——他提起他们的名字;讲到抗美援朝,他负伤后回到祖国,躺在病床上,看到亲人和鲜花的时候,孩子们都流下了热泪。

"同学们,请记住!"他情绪饱满地说,"你们是祖国的花朵,民族的希望。我们今天的幸福生活来之不易,它是无数的革命先烈,用他们的生命和鲜血换来的呀!"

孩子们边流泪边鼓掌。两位学生代表,一男一女,走上讲台,向吴团长敬礼,献花,然后念一篇情感饱满的决心书。这时,一种无限的满足感便会在吴团长的心中油然而生。当他讲完了那些震撼人心的革命故事,准备离开的时候,仍然被孩子们围着。他们带着敬仰的目光,伸出稚嫩的小手,抚摸、翻弄着他胸前的那几枚勋章,问这问那。当吴团长送走孩子们,回到家中,心情总还是久久不能平静。

在这个西部的小城,这种渴望接受历史教育的社会风气一直延续到了上个世纪八十年代后期。近些年来,这种风气可不像从前那么风行了。随着中国的改革开放,市场经济的快速发展,人们在观念上的改变也显现出惊人的速度。对于过去的,对于那些与我们眼下的生活不是息息相关的事物,人们不再像从前那样充满着热情和兴趣了。那种由学校组织前来干休所听讲革命故事的活动越来越少。即便是那些刚入校门不久的低年级的孩子——祖国的花朵们,由于功课压力大,学校同样不再安排这种可有可无的课外活动了。

吴团长的生活变得简单起来。他除了偶尔参与大家在花园里的晨练,傍晚去和别人下一两盘象棋,大多时间他都没什么事做。后来,或许是孤独,他和老伴领养了一只猫。棕黑色的。这只机灵的小动物和他们相处得很好。他们对它的耐心就像对待孩子,和它说话,它完全听得懂。他们按时给它梳理洗澡。他们在哪里,它总是爱卧在哪里,相互传递着体温和心跳。

其实,有一件事吴团长一直想做,那就是写个回忆录。早些年,他就断断续续地写过。吴团长没念过书,战争结束不久,他被送到了南京步兵高等学校学习作战指挥,同时补习文化课。可写作对他来说,仍是一件吃力的事。他总是在写写改改,改了再读,却总不能令他满意。他不明白,为何一个真实的人生,一个出生入死的亲身经历,写出来却像流水账一般不能感人。他苦恼,也常因被纠缠在往事发生的时间地点和死亡的人数上。究竟死了多少人?有些死在中国,有些死在朝鲜,有些死于"文革"。有些人失踪。除了大大小小的战争,同样值得记住的,还有一些并不壮丽的死亡和牺牲。除了死亡,还有许多与其无关的事物,甚至是美好的经历也值得往里写。然而,逐渐远去的岁月,就像一棵只剩下枝干的树木,那些鲜活的部分,那些繁枝绿叶都慢慢在记忆中枯萎和遗忘。有些经历,吴团长却需要通过其他一些相关资料来核对自己的记忆是否属实。为了写好回忆录,吴团长还请教过一位作家。那位作家对他的回忆录整体是肯定的,但认为内容有些庞杂。有些事情不一定要写进去。有些地方还缺少一些必要的细节。他还说,死亡并不感人。有了情节,文章才能好看。他还以小说和电影《上甘岭》为例。他说:在朝鲜的五次战役你都亲身经历了,特别是上甘岭战役,你有发言权。所以添加点情节没有关系。要使读者感动,还得有点想象力。而吴团长写不出多少情节。他认为,这位作家说的也不全对。没情节自己不可创造情节。后来,吴团长把一本近十万字的回忆录,最终放进了柜子里。无论它有没有价值,都没有引起什么人的注意。

除了写回忆录,吴团长心血来潮,也会想到去拜访一个什么人。或者就像当年去温泉那样,再去哪里走走。但这种念头刚一出现,很快就因腿痛或一阵腰背的不适给打消了。事实上,他除了腿不好,身体里还有一小块弹片。弹片确切的位置他并不是很清楚。当时取出这块弹片十分困难。按医生的说法，这块燃烧的弹片以无菌的状态已经瞬间成了人身体的一部分。把它留在身体里，是可以的。医生还说，如果你没有感觉到它的存在，就不用去动它，也不要总去想它，最好是能忘了它。所以吴团长说到负伤，却很少说到弹片的事。但最近吴团长感觉到了它的位置。特别是阴天下雨的时候，弹片的位置就越来越明确。坐久了，他常常需要用手按住那个位置，强迫自己站起身来，到外面去走走。医生说，他不适合再做手术。按照他的年纪，身体又受过多处创伤，目前的情况已经是很不错了。那块弹片在他的身体里已经呆了五十多年，如果不影响生活，还是不去动它为好。

身体的不便，使得吴团长很少出门了。要是偶尔有人来家里看他，他也会和人聊一阵子，说的也都是有关过去的话题——这是难免的。说起过去，他甚至还会提起那枚没有爆炸的手榴弹。有人出于好奇，也会追根问底，甚至透过他稀疏花白的头发，看看那块白色的疤痕：

"怎么会没爆炸呢，没拉捻子吧？"

对于吴团长来说，除了讲讲这些，讲讲战争和战争留给他的记忆，还能讲什么给人听呢？眼前的事他知道得很少，也只有听的份儿了。平时，他唯一需要走出干休所院子的，是到十四小区的菜市场买点青菜和日用品，除此之外，他很少再去其他地方。现在他只要仰起头来，就能看见院墙外面逐渐升起的建筑物，听见混凝土搅拌机的声音，以及喧嚣的车辆和行人。他似乎不想走出那个写着"某干部休养所"陈旧门匾的大门。因为对他来说，出了这扇铁门，就是另一个世界——那个世界每天都在变化着。

时下已到了冬季，外面的花园已被白雪覆盖了。这一天，吴团长想去室外走走，有许多日子他都不曾有过这样的想法。他拄着拐杖，顺着雪地上被清出的一条窄道，蹒跚地来到东楼的活动中心。真是很久没来了，他很想在这里碰到个什么人。如果可能，他还想与谁再走一盘棋，或者说说话。可楼里静静的。他来到二楼的会议室，这里已变得冷冷清清。墙上那些奖状和曾经鲜艳静穆的旌旗上落满了灰尘。原来这里是多么热闹啊！尤其到了冬天，来晚了座位都没有。如今，干休所许多老人都一个个地离去了。即便是节日，这里也往往凑不够一张麻将桌了。

吴团长在讲台的椅子上坐下来，他环顾周围，两眼走神——对面仿佛坐满了听众——两个戴着红领巾的孩子，一男一女，手捧鲜花，正走上前来……

"徐处长会来吗？"他这样想。但却又心里明白，"徐处长怎么还会来呢？"以前徐处长是饭后必到的。他们因下棋还有过不悦。可不出三天，两人又会凑在一起。他们是战友，脾气也相投。原先他们就是一个部队的，只是去了朝鲜，徐处长被分在教导大队，他的肩部也负了伤。战争结束，他们一起又被分配到了新疆石河子垦区。两人是相隔两年退休的。这样的战友和知交——尤其到了晚年，是多么地难得呀！

前些年，徐处长因心脏病做了一次大手术。那段时期，为了不打扰他，吴团长有时散步至徐处长的家门前，都没好进去看看他。后来，吴团长从他家人的口中得知，徐处长的体力和记忆力，一天不如一天了。去年秋天，因为两个人太久没见面了，吴团长去看徐处长，但完全出乎他的预料，徐处长除了勉强能认出他来，就连家人都不认识了。

吴团长坐在那把椅子上，呆了很久，终究没见人来。他便离了座位从东楼回到家中。这样，整个冬天都没再去了。可到了晚上，不知为什么，他还会注意着东楼活动中心的窗户。整个冬天，只有一两个晚上那里又重新亮起过灯光，之后就再也没有亮过了。

听说有人想租下干休所的办公楼，没有谈成。后来，由于资金的需要，干休所最终决定，除了留下几间房子办公，将临街一边的房子连同二楼的会议室，租给一个出价合适的娱乐公司。他们把房子重新装修了一下，便把这里变成了卡拉OK中心。开张不久生意就火了起来。歌声此起彼伏。靡靡之音彻夜不断。干休所的老干部们把这些声音比作鬼哭狼嚎。后来，由于反对的人多，卡拉OK开张不到半年就关了。干休所一方以免除对方两个月租金的优惠条件终止了合同。但一年之后，这里又重新出租了。这次是把临街的房子，从外面开墙打通，改窗开门，变成了烟酒食品店、理发美容店、鞋帽店和一家山西刀削面馆。二楼租给了一个网吧公司。相比卡拉OK，倒是安静了许多。只是那些原本会在这里听讲革命历史故事的孩子们，很快就在这里迷上了网吧里的游戏。

对于这些变化，吴团长起初有些茫然。有些事他知道得比别人晚一些。日子久了，他不记得，从什么时候开始，乡下人来了；也不记得，他们背着简陋的铺盖卷儿，穿着破旧的布鞋来到这里寻找工作的情景。至于打什么时候开始，有人在干休所的附近做起了小买卖，这些他都有些模糊，甚至觉得有些遥远。直到干休所的周边出现了一些设计新颖的住宅楼，并按照城市的最新规划，把干休所对面的防风林向后推出几十米，盖起了商业综合大厦，他才感受到一切都变了。

相比之下，干休所的房子都过于老旧。由于年久失修，修修补补的工作也是越来越多。想住进干休所的人越来越少。新退休的干部更希望得到补贴购买的商品房。干休所将来是否还要继续存在，上面也没有新的指示。有些老干部过世以后，有子女的，房子多半转给了他们的子女。没有子女的，房子由政府收回。几年后，有些房子又被租给了社会上的外来人。

等到吴团长发现，干休所的大门早已被打开，而且再也没有被关上。因为干休所的牌子虽然还在，但已经没有几户是老干部了。这里的住户大多是内地到这里来打工和做生意的人了，而且年轻人居多。就这样，干休所从此变成了一个没有管理制度的小区，任由人们出出进进。这个曾被人们羡慕、崇尚的特别小区，由于城市的扩张，也在不知不觉中变成了城市的中心地带。在整个十四小区的规划中，干休所将被如何改造和利用，众说不一。后来，有一位开发商在市领导的陪同下出现在干休所的院子里。起初，当地人小看了这位说一口南方话的中年男人。此人貌相不起眼，比本地人讲究礼貌，人也显得精明。应该说，这里后来的改变与此人有直接的关系。大家也认为，地处十四小区的干休所，比起周边的新建筑，实在是太老旧了。这样，拆迁重建干休所，就成了定局。有关决定，潘所长已经接到了市里的通知。至于潘所长本人今后的工作，市里并没有新的安排，因为潘所长也到了该退休的年龄。

有一天，吴团长家里来了一男一女，说是市领导派他们来的。来由是，市里将要建一座军垦博物馆，需要收集一些革命前辈用过的物品，希望吴团长能提供些什么。来人还特别提到吴团长得过的战斗勋章。这样吴团长便把他一生中最珍贵的勋章找了出来。然而，让吴团长没想到的是，来人问这些勋章卖不卖。吴团长听着有些不舒服。"这怎么可以卖呢？"这是用鲜血和生命所取得的荣誉，又不是市场上可买卖的东西！"你们在说什么？这又不是商品！"他有些不快地说。

来人说："我们知道这些勋章的意义不能用钱来衡量。可我们有规定，只能按照一个价格来收取。如果您愿意交出这几枚勋章，钱是一定要收，不然，我们也不能就这样拿走它们。"

吴所长心里五味杂陈，有无数的人为国家献出了生命，这些勋章还给国家，有什么不可以呢？

"你们拿去好了。"他说，"是送给国家，而不是卖给国家。"

来人说听了很高兴，仍坚持要付款，只是付不多，因为博物馆经费有限。其中，国家独立自由勋章一百元，解放勋章一百元。朝鲜颁发的红旗勋章，来人拿着互相看了看，说这枚勋章他们没见过，干脆也是一百元吧。吴团长点着头，手按着左肩——那个留有弹片的位置正在隐隐作痛：

"我说了，荣耀是不能买卖的。这是勋章啊，我说了，无偿送给国家吧。"

来人说："这也算是送了。"

"那就别再提钱了，"吴团长严肃地说，"这让人不舒服，我这个年纪，还要钱干什么呢？"

僵持了半天，吴团长最终只好任由他们把三百块钱放在了桌子上，签了收据，把三枚勋章带走了。

事后，吴团长几天都闷闷不乐，连饭都不想吃，夜里甚至不能入眠。他不知道自己做的是什么事，算不算是把勋章给卖了。从此，他越发显得沉默了。人老了，总有沉默的一天。听说，只有这年的清明节，吴团长去过一次陵园，给怀念的人烧了纸。就这样，直到二〇一〇年秋天，徐处长过世不久，作为干休所最后一名退休干部，吴团长和他的老伴也相继过世。吴团长在医院最后的日子里，潘所长代表所里来探望了他，问他有没有什么事情需要托付交代的，老家还有什么人没有。他知道吴团长名字叫吴孟才，老家在河北省曲阳县的大赤涧村，从小参加了抗日游击队，离开家就再也没有回去过，那里应该没有什么可联系的人了。

面对大家，吴团长却不能说话了。他只是摇着头，眼睛里含着泪光，心里明白。几天之后，正是二〇一〇年十月一日国庆节的早晨。医院病房的电视机里一遍遍地播放着各地举行的庆祝活动。吴团长闭上了眼睛，在一些交织杂乱的声音里，渐渐失去了生命的体征。

后来有人提到过吴团长写的回忆录，因为他生前没有交代，也没人目睹这些回忆录的去向，这件事也就没人再提了。

在一个清凉的早晨。潘所长很早就醒了。按过去，时下正该是年尾最忙碌的日子。潘所长又要带老干部们去医院例行体检，检修各家的暖气设备，做过冬的准备。接着，又要一家挨一家去送年货。但今年这一切都不需要做了。他洗了把脸，对着镜子，理理自己也已花白的头发，感到突然老了。他想到花园去看看，很久都没有去花园里晨练了。想到这里，他匆匆穿上衣服，就像是有人在那里等他似的。如同许多年前的某个早晨，大家约好了在花园晨练，打太极拳一样。他穿好鞋，系纽扣的手微微有些颤抖。可推开门时，天还没有完全亮起来。他从有着石板的小路走到花园，这里空空的，四周还是一片寂静。那几张石桌石椅仍然沉寂在黑暗里。他没有做运动。他站在那里——站在空荡荡的葡萄架下，就像是有什么人会从小路的一端走过来似的。他仿佛听到了许多杂乱而遥远的声音，他在一张长椅上坐下来。这时，他发现有一只猫就卧在旁边的石桌上。这不是吴团长家的猫吗？他认出这只猫，想着，正想接近，却见它喵喵地叫了两声，就从石桌上跳下去，跑到林子里去了。

不觉中太阳正慢慢地升起来。他坐在那里，直到流淌在枯黄稀疏的葡萄架上，那一抹金子般的晨光渐渐退净，他才意识到不会有人来了——永远不会了。他想起了吴团长和他的老伴，想起刘政委，想起徐处长一家。想起这个干休所成立最初的日子。如今，一切都过去了。他想着，但仍然坐在那里，在这个阳光四溢的早晨，他看着这片空寂明亮的花园，总感到他们都到温泉去了。

2010年秋写于新疆石河子

闻斑石的烦恼

一

闻斑石画完油画已接近午夜。他放下手里的画笔，心里感到空落落的，因为这幅画还不能算完成，它还需要一个签名。可他从没在一幅自己画过的画上签上自己的名字。说来有些离奇，多少年来，签名都是阿艺的事。

阿艺活着的时候，每天早晨都是一样的，他从起居室到画室，坐着一把黑色的轮椅……闻斑石站在一个架子上，手里拿着阿艺的画稿。这些画稿，只是一些凌乱的线条和稍加注解的颜色。闻斑石需要把它展现在画布上，那是一些远离一切，似乎又隐藏着某种主题而被分割的色块，让人至少会想起万花筒里看到的情景。

闻斑石以前并不画画，据说，他曾在这一带做过木工。当年，这里还是一片农舍，农舍的东面是些零星的鱼塘。没有这样宽阔的马路，也没有这些鳞次栉比的现代画廊。过来人知道，艺术在中国兴起以前，艺术家的职业并不时髦。一些年轻人来到这里，租了农民的房子当画室。这里房租低廉，陈设简陋，没有浴室，冬季要用一个铁炉子取暖。那时，阿艺就住在鱼塘的旁边。他每天画画，日子久了，摸索出一种绘画风格，这种风格后来使他出了名，画卖得也越来越好。有些画商慕名而来，相互交了朋友。多年后的阿艺，不仅在行内人人皆知，也算是名声在外了。

　　闻斑石刚来阿艺这儿什么都做。除了绷画框、跑腿、料理阿艺的日常琐事，有时阿艺忙不过来，也让他在画布上刷刷底色。闻斑石做活儿很细。有一天，阿艺索性把草图交给他，让他试试，看他能涂成什么样子。意外的是，闻斑石在绘画上的才气，远远超出了阿艺的想象。当然，说来也没有这么简单。起初闻斑石画画的时候，阿艺总是一脸的严肃，他仰着脑袋，坐在轮椅里，不时地说这说那。闻斑石画不了几笔就得停下来，看看他。其实，他是在看他的脸色。有时闻斑石一笔下去，阿艺就火冒三丈，他摇动着轮椅，就像残疾人比赛篮球那样大呼小叫的。可时间并不长，闻斑石便掌握了阿艺的画风——捕捉到了，仿佛是在玻璃破碎沉落的瞬间对周围的反光。这些所谓的周围，有些像是动物，有些类似植物，有些可辨出哪里是臀部哪里是乳房，有些则需要你猜猜了。总之，时间不长，闻斑石便能运用自如地绘制这种万变不离其宗的油画了。可他对画面的处理也并非精雕细琢；他画画的时候，甚至都很少用油画笔，而惯用的是一把中号的油画刀。堆、刮、点、刻、揉——在上色的同时又顺势刮出底色，近看什么也没有，远看，则形成了惟妙惟肖、难以想象的写实效果。后来，他不再依赖于阿艺的画稿，只需要时间和一块绷平的画布。

最终，阿艺不再画画了，他要做的仅仅是在闻斑石画好的画上签名。

二

阿艺出事那天跟往常一样，闻斑石一早就开始画画了。他透过玻璃窗，能看到院子里有园林工人在种石榴树。外面天气不错。丹尼尔也在院子里。他是来取画的。他看画还得几天才能干透，就到院子里转悠去了。结果，闻斑石听到一阵巨响。他走出画室，在客厅的楼梯口，发现那把轮椅带着阿艺从楼上滚下来了。闻斑石像扔飞盘似的将手上的调色板抛了出去，猫在调色板落下去的地方跳了起来……阿艺被送进了医院。可医院面对大脑受损的阿艺做不了什么。他们在例行一套程序的处理之后，宣布阿艺成了植物人。

阿艺成了植物人，可以说一切都被打乱了。闻斑石手上的画才画了一半。阿艺，还有阿艺的代理人丹尼尔收了油画订金的订单无法完成。另外，三月份在上海，十月份在美国纽约的卡里克博物馆，阿艺的画展正在筹办中。真是一系列的问题。不过，阿艺的家人——他的姑妈，希望闻斑石能继续呆在阿艺的工作室里。除了这位年迈的、只看重情感而并不关心艺术的姑妈,阿艺这位才华横溢的孤儿并无其他亲人。她说,如果闻斑石愿意,可一如既往,除了画画,还能常看到阿艺。她认为,植物人因沟通而苏醒的例子是常有的。

事发后不久的一个傍晚,丹尼尔来和闻斑石见了一面。许多事情丹尼尔都想和闻斑石聊聊。阿艺走了,他的经纪人和他的绘画代笔者似乎有了共同的困扰。丹尼尔是个性格热情、看似单纯的美国人,也算是位"中国通"。当然,他不仅满脑子的中国知识,还会说一口流利的中国话。现在,他郁闷的是,每天都会接到一些电话和电子邮件,询问以前的油画订单还算不算数。

"这些人,"他说,"有些还是老顾客,竟然问阿艺还能不能再活过来。"

"我也被问了同样的问题,"闻斑石接着说,"先是拍卖行的人,问开不开追悼会。可他们边问边在画室里东张西望,问还有没有存货。有些人,已经告诉他们画已售完,可他们换了身打扮又来了。"

"——对了!"丹尼尔打断了闻斑石的话说,"有位开矿者找到了我。过去他从我这里买过画。这个人虽然是个采煤的,却是位经验丰富的买家。眼光犀利。自说十米开外,便能看出画是出自阿艺之手还是代笔者之手。作为收藏,他却更想收藏代笔者的,也就是你的作品。凡是你画的,他把它称为鱼塘后时期。他认为,这个时期阿艺再也画不出画来了。"

"丹尼尔先生，画画是没有问题的。我唯一不能做的您也知道，那就是在画上签名。画无签名就没价值。"

"是呀，可你能画画，不可能不会签名吧？"丹尼尔调皮地耸耸肩膀。

"开玩笑，要签，除非是签我的名。"闻斑石自己都不知道怎么会说出这样一句话来。他有些不好意思了。

"签你的名？坦白地说，这么多年，我都不知道你叫什么名字。我一直称呼您闻先生。签你的名，那会被认为是抄袭！至少也是毁掉了一件作品——请原谅，我用了'毁掉'二字。"

"这倒是事实——先生，我画的画确实只能落上阿艺老师的名字，否则，绘画是徒劳的，这一点我并不是不清楚呀。"

丹尼尔点点头说："可我在想，一个人能替人画画，怎么就不能替人签名？就好比你帮签名的人画画，做起来有过什么问题吗？哈！现在许多艺术家的作品，就像名角演员的替身，是由他人完成的。他们只管签名。他们说：'哦，这是我的 idea。'据说，就连一些艺术院校还没毕业的学生，都已经在物色合适的代笔者了。如今，代笔者就像艺术家的影子，散居在各个艺术区外围简陋的居所里。闻先生，这种说法属实吗？"

闻斑石没有马上回答，但他随后表示，这也是两厢情愿的事。

丹尼尔完全认可两厢情愿的原则。他认为阿艺走了，闻斑石仍然可以完成他手上的订单。因为，这种画除了没有签名，画还是同一个人画的。而且，阿艺过去画画都不签名。丹尼尔认为，艺术也是商品，这种商品也是当下最好的投资。如今，有钱人的钱越来越多。然而货币贬值，经济泡沫性膨胀，人们除了投资房地产、股票和抢购黄金，也开始学习艺术鉴赏。许多原本不懂艺术也不喜欢艺术却精于投资的人成了艺术收藏家。他说，第一次看见中国人怀里揣着放大镜、手电筒和钢卷尺，带着掌眼的伙计，在世界各大拍卖行搜寻有升值潜力的艺术品的新闻时，他惊呆了。他注意到，中国人对一幅绘画作品的估价方法和西方人截然不同。前者是按平尺，以测量的办法，体现出一种对艺术更为尊重而精确的计价方式。

丹尼尔刚认识阿艺时，阿艺还住在水塘的边上。有时，窗外的水面像玻璃一样平静。阿艺每天努力画画，是想以平静的绘画来打破平静的生活。但那时他的画很难卖掉，画了也只能编上号，堆在仓库里。时间久了，画都粘在了一起。许多年后，当这些画被打开时，每张画都出现了特殊的效果——画和画之间都粘上了彼此的油彩——这简直成了他早期绘画的标识。有些画被老鼠啃了，现在市面上偶然出现一些带洞的作品，就是阿艺那个时候画的。后来，阿艺和他的作品被丹尼尔介绍给了一位被称作市场坐标的西方收藏家。意外的是，阿艺的作品无论是带洞的还是不带洞的，都得到了这位收藏家的赏识和购买。这便立刻引起了市场的关注。阿艺的画价格也开始上涨。虽然，一直备受市场冷落的"万花筒"系列目前卖得很好，但至今还是卖不过一些更走红的画家。价位甚至总是排在几个专画女性题材的画家后面。就像是排好了队，他只能跟着几个裸露的女人，或睁着玻璃球般的眼珠儿、乞求有钱人购买与怜悯的孤苦伶仃的女人的后面往前走。不过，这对于阿艺来说没什么。他相信好的艺术最终会被人分辨出来。他认为自己的作品就是好的艺术。

闻斑石并不打算再去做木工。除了画画，他想不起还能做点什么。即便丹尼尔不说，他也只能和以前一样，每天按时来到工作室里。在这个多少有些孤寂的空间，阿艺不在了，可一切都还是原来的样子。他的绘画风格也还是以前的风格，他无法突破这种风格。无论他怎样努力，都难以走出风格禁锢的圈子，因为这种画他画得太久，也太熟练。虽然每次动笔，他都会想到突破，尽量使画面有些特色。可画到最后，总无新意。他有时也会想起阿艺，就像是阿艺还活着，只是忘了起床，躺在自己的房间里，睡过了头。有时，他站在架子上，面对着画布，心中的构图几乎和阿艺同时出现了。他把油画刀在调色板上调来调去，似乎失去了落笔的勇气。这时，他会不自觉地看一眼身后——仿佛阿艺就坐在他的身后，和过去一样，坐在那把黑色的轮椅里。

三

闻斑石站起身来，他想去看看阿艺，同时想把这幅刚完成的油画带到阿艺的房间,他甚至还带着一种隐约的幻想——希望阿艺亦能感受到油彩的味道。这种味道是阿艺熟悉的。闻斑石上网查过,给植物人提供他熟悉的味道和声音有助于受损的脑部神经的修复。可画幅较大,他只能小心地连同画架一起推着走——画框摇晃着,橡皮轮子滚动在地面上发出细微的摩擦声……

阿艺的房间就是画室通向走廊尽头的一个房间,原来是一个仓库。它的斜对面有一个耳房,是护工住的房间。平时这里除了护工进出,闻斑石也会来看看阿艺。此时,阿艺正躺在房间正面一个铺有白色被面和床单的中国明式的罗汉床上。房间里空空的,靠墙的地方摆放着阿艺用过的轮椅。床边灰色的地面上有一双浅橙色的拖鞋。这双拖鞋也不知是谁摆放在这里的。它摆在那里,就好像阿艺随时会从床上起来,使用这双拖鞋似的。可闻斑石知道,阿艺活着的时候也不用拖鞋,小儿麻痹症使他从不穿拖鞋。何况一个植物人,除了呼吸和心跳,不能干别的,否则就不是植物人了。在这间略显空旷的房子里,除了轮椅、拖鞋,对面墙上还挂了一张油画。画上是一个老人,躺在病榻上,幽暗的灯光下,一个女护士正在挂放一个输液的瓶子。闻斑石每次进到这间房子里,都会先看看墙上的这张油画,然后才把目光转向阿艺。

闻斑石把画摆放在阿艺的床前。他看看阿艺,抬起了他的手臂。这只消瘦的手臂虽已失去了光泽,却还是温暖的,这和他活着的时候是一样的。上面那些透着植物状的淡青色的脉络仍依稀可见。按

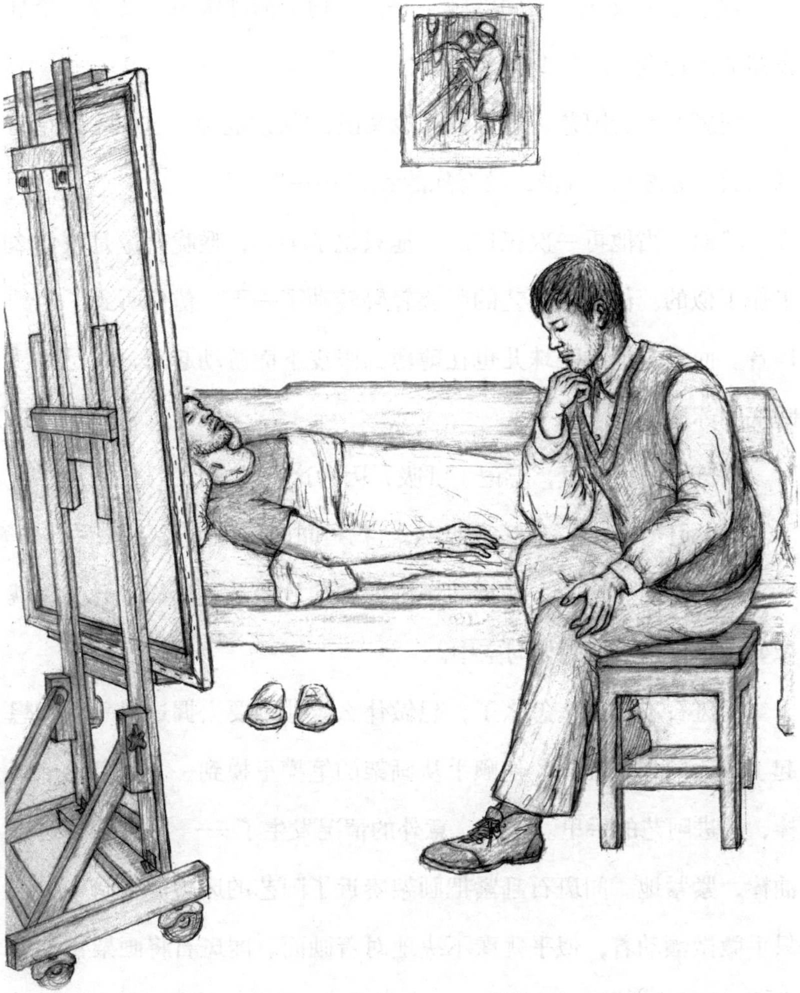

照护工的说法,他把了把阿艺的脉搏,认为他已经醒了:

"老师,你醒了?"闻斑石说。

阿艺毫无反应,如同熟睡了一样。均匀的呼吸声,就像一个赶夜路的人行走在旷野上发出的。

闻斑石看看阿艺,自言自语地又说:"阿艺老师,这幅《万花筒的回放》完成了。可惜,没有您的签名……"

然而,当他再一次张口时,他只说了半句,喉咙就像是被什么卡住了似的。他看见阿艺的脑袋轻轻转动了一下,仿佛听到了他的声音。而且,他的眼珠儿也在薄薄的眼皮下面游动起来,像是刚从睡眠中苏醒。

闻斑石愣在那里,忘记了呼吸,因为这是从来没有过的。

"老师!"他急促地呼唤两声,"我是闻斑石!我是……"

阿艺仍闭着双眼。手指却慢慢地如绽放的花瓣那样打开来,就像要接一件东西似的伸向空中。

闻斑石不知阿艺怎么了,想做什么。他刚要去握这只手,却想起了旁边的那张油画。他顺手从画架的笔槽里摸到一支黑色的油画棒,送进阿艺的手里。这时,意外的情况发生了——他握住了这根油棒,紧紧地。闻斑石赶紧把画架凑近了阿艺的床边。昏暗中,这只手微微颤动着,似乎犹豫不决地对着画面。闻斑石将画架再推近点……可他还没有反应过来,这只手已经松开了那根油画棒……他只顾转过画面,却见画的右下方有了一个淡淡的签名;那根油画棒也从阿艺的手上脱落下来，掉在地上，在灰色洁净的地面上打了一个黑色的油点。闻斑石赶紧捡起那根油棒，把画挪开，再看看那个签名，正是阿艺的签名。阿艺的签名总是淡淡的。

"老师！"闻斑石惊奇地看着阿艺，想唤醒他，但阿艺仍躺在那里，呼吸均匀，一下下地，仿佛什么都没有发生。

闻斑石感到十分惊奇——包括这整个怪异的夜晚。他想打电话给丹尼尔，可天还没有亮起来。他琢磨着油画上的签名，心情在天快亮了才平静些。可事后，闻斑石并没把这件事告诉丹尼尔。他总感到这件事不太真实，不真实的事情怎么跟人说呢？

闻斑石仍旧每天画画。不久，他又带着一幅刚完成的画来到阿艺的房间。闻斑石难以相信的情景再一次出现。他就像一个魔术师，对着熟睡的阿艺念念有词：

"阿艺老师，请在画上签名吧。"

在昏暗的灯光下，闻斑石又一次目瞪口呆地看见了眼前发生的一切——阿艺的手缓慢地抬了起来，可在它接近画布的时候，又总是叫他怀疑自己的眼睛，在关键的时候没有再睁大些。然而，画布上的签名是毋庸置疑的。闻斑石每画好一张，都由阿艺签了名，事情每次都很顺利。他进入阿艺的房间，多在夜深人静的时候，时间都不长，出来时，画上总是有了一个签名。

这样，闻斑石如同回到了过去的时光。他与阿艺的合作和阿艺醒着的时候没有什么区别。所以，他本人的收入也该和过去一样，没有什么差别。

四

起初,这件事一直没人知道。直到有一天,闻斑石终于给丹尼尔打了一个电话,叫他猜猜发生了什么:"有件事我想告诉你,或许你不信……"随后他讲了这件事。不料,一度因阿艺的离开倍感失望的丹尼尔,听了闻斑石的讲述不以为然。"你也学会开玩笑了。"他漫不经心地说。

闻斑石没想到丹尼尔是这种反应。他意识到,或许没人会相信一个植物人能在一张油画上签名。这倒像是一个骗子嘴里说出来的。人们只会认为画上的名字是他搞的鬼。想到这里闻斑石的心情并不快乐。他或许该守着这个没人知道的秘密:阿艺虽然成了植物人,不省人事,什么也不能做,但他仍然还保留着一种能力——在画作上签名。

"这是真的。"闻斑石说,"是我亲眼看着阿艺签的。"

"怎么签的?哈哈,今天不是愚人节吧?"

"丹尼尔先生,我不是在开玩笑啊!"闻斑石不得不严肃起来,"不是阿艺老师签的,还能是我吗?可我敢发誓:本人从未产生过要在一张画上签名的念头!虽然,我画的画别人可以拿去签名、展览或销售,别人怎样做与我无关。但我绝不能由自己在自己画的画上签上别人的名字——这是有区别的呀！"

丹尼尔听了这话，当天就赶来了。他看了那幅油画，眼睛仍然在签名的地方停留了许久。随后，他略带严肃地说："签了就签了。这件事只有你我知道，不要告诉别人。说得明白些，传出去很不好。我看画能卖，这事儿就别再提了。"

闻斑石感到很无奈。可他不想再表白什么，只是摇摇头说："好吧，等阿艺老师再签名时，请你自己来看吧。"

丹尼尔微笑着点点头。随后，他邀请闻斑石晚上一起到附近的一家酒吧里喝酒。闻斑石不抽烟，倒能小酌一杯。这家酒吧据说是阿艺生前常来的地方。闻斑石从没有来过。丹尼尔喜欢喝威士忌。闻斑石喝不惯洋酒，他给闻斑石要的是来自阿根廷的红葡萄酒。两个人喝得脸都红了。酒助兴，丹尼尔又问起了签名的事。闻斑石把阿艺签名的全过程又讲述了一遍，细节说得跟上次一样。丹尼尔听了也没再提出什么问题。他喝酒还是和中国人不大一样，不碰杯，只举举杯就喝。这时，他带着诚恳的语气说：

"闻先生，如果您同意，我想来推广你和你的作品。也就是说，从现在开始，你画画可以签上自己的名字了。我保证你——当然，最好是改变一下风格。"

"我很感谢您的好意。"闻斑石淡然地说，"可我还没有打算这样做。坦白地讲，我代人画画，虽然只是计件取酬，我已十分满足。或许你不理解，我作画的时候，就像一个工人，只管画。我考虑的只是让一幅画画得说得过去。那种心情,应该和工人生产产品的流水作业是一样的,除了讲点效率,没有别的。即便这样,市场好的时候,我忙得都喘不过气来;但工作室里,我画过的每一张画都不是我的,即便是那些我有意无意胡乱画过几根线条的草图,也不属于我。当然,我不需要这些,我什么都不缺。应该说,我只缺少名气,可我又不看重名气。我爷爷说过:徒有虚名,只会一场空。"

"你这样说,叫人不太理解。"丹尼尔停了一下又说,"人总是要有点激情的吧?人生在世,一个是名,一个是利,而艺术家是名利双收的。"

"是呀,可先生说的,我并非不懂。这些年来,除了画画,我也常推着阿艺的轮椅去参加各类艺术展。起先我什么都不懂,就像我不懂有钱人是怎样玩股票的。我只是推着阿艺,在展厅里东张西望,就像一个傻瓜。我弄不明白。这些被我涂满了油彩的画布,被运往美国或欧洲,运往世界各地,进入那些著名的画廊,参加那些所谓重要的艺术展,最终,以不菲的价格落到了那些一掷千金、在拍卖行的竞标场上你争我夺的收藏家们的手里,我真是不能理解,难道这些按计件绘制的油画,真的就这么值钱吗?这些展览每次都吸引着大批的收藏者、画商和掮客。他们从四面八方赶来,而总有一些熟悉的面孔,仿佛我们到哪里他们就跟到了哪里。他们身着考究的服装,举止温雅。当我看见他们步入展厅,站在我画的作品前——你还记得不?那天,我手扶着轮椅,就站在阿艺的身后。当时,你正对着纽约电视台的镜头介绍阿艺的作品。不瞒你说,在你把我绘制的这些油画,说成是具有时代特征的超前之作,并上升为哲学,大加赞美的时候,我注意到,除了阿艺老师的表情有点儿僵硬,所有人都点头附和,面带理解的微笑。当时,我扶着轮椅,身上都出汗了——我是有点儿担心——这些热爱艺术的人们,一旦得知,这些'超前之作'不过是出自阿艺身后这位木工之手的计件产品,又会是怎样的呢? 我当时看着阿艺老师的后脑勺,就像是怕被大家识破并突然把我揪出似的,气也不敢出,头都不敢抬。每次展览下来我都没有了食欲,而且也睡不着觉,躺在宾馆里,盼着早日回家。在那些枯燥乏味的参展日子里,其实,我还目睹了不少叫我回味难解的事儿。我发现,平时那些傲慢的艺术家们,不得不站在自己可怜的摊位前,向着有钱人,向着掮客们,向着那些因购买垃圾艺术而出了名的人,面带复杂的微笑,以换取他们的好感——他们个个都是推销自己的高手啊! 更有个别的人,虽然不失表现着艺术家的脱俗与清高,却躲在隔布的后面倾听着经纪人和顾客的谈话。丹尼尔先生,我实在是不想再往下说了! 你说的名利是什么? 我没有兴趣为它奋斗一生! 我爷爷说得好。可以说,我都不在乎拥有闻斑石这个名字啊!"

闻斑石说到这里停了下来。他发现酒杯里没有酒了。

"哈哈,没想到,你对行内的事知道得如此之多。"丹尼尔手按着脑门,红着面孔,突然从椅子上直起了身子。他一边叫酒侍来给闻斑石斟酒，一边说："——我很意外，闻先生，我欣赏你的直率，也包括你略显偏执的观点。不瞒你说，如果不是出于生活的原因，我也不谈艺术。我学艺术，做艺术生意，但我并不热衷于收藏。因为，我从没被某件所谓的艺术品感动得需要拥有它。虽然，我也一直在寻找有真正创造能力的艺术家和他们的作品，但我看到的，无非是些求名心切、善于钻营的利己主义者。他们的作品粗制滥造，因无能和缺乏想象力而相互抄袭。他们把艺术当成出名的台阶，毫无才气，却个个都梦想着成为带领艺术的火车头。事实上，决定着艺术家成败的，往往又是那些附庸风雅的有钱人。他们才是我们真正关注的对象呀！因为，只有他们能左右这个市场，鞭策并牵动着艺术家们的风格。你看吧——他们来了，在那些国际大展上，在展厅里转一圈儿，往往还没有走到头，就决定了艺术市场的走向。他们的眼神落在哪里，幸运儿也就是哪里的了。他们的品位，使一些人怀才不遇，又使一些拙劣作品的制作者突然成了艺术的新星。如今的艺术市场，如果非要说它与一个百货市场有所不同，那就是，它更充满着诡诈和弄虚作假。在这个圈子里，从画廊到拍卖行，从基金投资者，再到博物馆，无一例外地参与了这一规则清晰、相互默契、推波助澜的游戏系统！看看当今那些五花八门的艺术展吧，能够打动我们心灵的艺术品有多少呢？说句不好听的话，如今的艺术家们，多已沦为向资本和藏家招手的街头女郎。艺术的虚假，就如同虚假的人心。在这个抄袭跟风的时代里，那些自诩找到了艺术出路的人，纯属鬼话！今天的艺术早已露出人性的狰狞。无论艺术家们怎样变着花招，表现得多么虔诚于他们的作品，都难以掩盖他们真正在想什么。即便是那些冠以艺术之名、被无知地惊叹和怂恿的所谓的艺术家们将刀子插进肋巴骨里，也难以触动我的心，我就是一个 sales。"

丹尼尔说话就像是在演讲。他的口才不错，说起话来滔滔不绝，像是某个艺术经纪人与某个艺术家发生过一点不愉快的事儿——这也是常有的——喝了点酒，说话不免带着情绪。因为，丹尼尔也认为人类不可以没有艺术，就像人不可以没有性一样。不过，丹尼尔和闻斑石以前除了谈谈绘画方面的事，还从来没有这样聊过，聊得这样深入和开心。

五

事后，丹尼尔把油画运走了。不久，其中那幅《万花筒的回放》出现在纽约一家老字号拍卖行，并顺利由一位买家竞得了这件作品。落槌价之高，引起了业界和多家媒体的关注。有报道说，阿艺的作品——"万花筒系列"的高价拍出，预示着艺术市场的新动向。

可这件事最终还是走漏了风声。有人先找到了闻斑石，他们问这问那，但没人问画是谁画的，只问画上的签名是谁签的。如果是艺术家本人，就请他说明植物人是怎样完成这件事的。还有人表示，如果植物人真能签名，毫无疑问，他们将视这些绘画为珍宝——有谁得到过一幅植物人签名的作品吗？单就这一点，已不同凡响。如果——话说回来，这一切都不是那么回事儿，有人就要退货。也有一个人，说他前来仅仅是出于好奇。在他看来，世界上的事都很难说。只要你不信，它就有；只要你信了，你就会上当。所以他对什么事儿都半信半疑。

闻斑石本来不想把阿艺签名的事情公布于众。出于舆论的压力，解除心中的烦恼，并证实一点——他是个诚实的人，需要请大家亲临现场，来见证此事。他把这个想法告诉了丹尼尔。在丹尼尔的赞同和协助下，他们邀请了一些与艺术市场有关的单位和个人。此外，还邀请了美国纽约卡里克艺术馆的馆长斯蒂芬先生，通知了一两家爱报道花边新闻的媒体。在石榴树下，闻斑石告知大家，说你们将亲眼见证艺术家阿艺签名的全过程。

这一天，来的人比预估的多。闻斑石先请大家在石榴树下的草坪上等候。此刻，护工们正在屋子里做着准备。她们需要给阿艺更换一下尿不湿，然后洗个脸。另外，手也得洗洗。完了，再擦点润肤霜。闻斑石则皱着眉头站在一旁，他正在考虑画的签名位置和摆放的角度。

"请问丹尼尔先生，植物人能签名吗？"一位年轻苗条的女记者，压抑着兴奋，伸过一支话筒，微笑着说道。

"眼见为实！"丹尼尔看看闻斑石，颇为自信地说，"近来，大家希望知道植物人是怎样签名的,这种人皆有之的好奇心我们完全理解……"

丹尼尔讲完,随后,闻斑石把他和斯蒂芬先生,还有两家拍卖公司的老总,先带进了阿艺的房间。过了一会儿,一位女护工走出来,请各位排好队,依次序进入——大家都戴着口罩和鞋套,轻轻走进屋里,默立在阿艺的床后侧。旁边架好了摄像机。阿艺躺在三面有挡板的罗汉床上,就像躺在一个很大的簸箕里,身体显得十分瘦小。那幅尺寸巨大的油画摆在床边,就像是一只小船扬起的风帆。签名就要开始了。可闻斑石注意到阿艺的手臂似乎比以前短了些。就赶紧叫女护工们过来,搭把手,把阿艺再往床边挪动一点儿。一个胖一点的女护工走过来,没想到,她不用别人协助,就把阿艺抱了起来。阿艺赤裸着身体躺在这位女护工的怀里,像是不习惯地扭动着脑袋。他身上瘦骨嶙峋,仿佛轻如柳絮。苍白的双腿,一长一短,就像鱼的尾部那样晃动着……

女护工把阿艺从怀里放下时,稍微靠近了床边。这样,阿艺的手臂伸向画面签名的位置就完全够长了。

闻斑石这时拿起一支黑色的油画棒,弯下身去:

"阿艺老师,你看,大家都来了……"

闻斑石说了两句,阿艺没有反应。闻斑石看看大家,表情不太自然地又将原话重复了两遍。可阿艺仍无要签字的迹象——他的手只是无力地奉在画布上。微张着嘴角,眼睛里闪动着泪光……

"阿艺老师……"闻斑石握住了阿艺的手，带着请求的语气，似乎也提高了一点声音，"请您在画上签个名吧——就像上次那样，可以吗？"

这时，闻斑石感到握着阿艺的手被收紧了一下。同时，震惊所有人的情景出现了——阿艺的眼球闪动着，随着流出的泪水，他的手指也微微地张开来……

闻斑石马上把油画棒递到了阿艺的手里。但在众目之下的这只手，并没有要握住这根油棒的意思。油棒松松地滑了出来，丹尼尔伸手接住，将油棒再次插进阿艺的手心里，并抽动了几下，同时对着阿艺说：

"抓住了——老朋友，我是美国的丹尼尔！"

丹尼尔说着同时拽了一下闻斑石的袖口，让他再靠近些。于是，闻斑石单膝落地，把嘴凑近了阿艺的耳朵：

"签吧，阿艺老师。大家都等着这张画呢……"

可任凭闻斑石怎样努力，阿艺都没有反应。

后　记

记得上小学的时候，有一年夏天，我们那里来了个巡演杂技团。第一次看杂技，我便被舞台上的小丑深深吸引了。小丑顽皮、逗乐，博得观众喝彩的表演令我激动不已。想着长大了也能去扮演个小丑，逗人乐！那一晚我失眠了。因此，小丑成了我人生第一个理想，也是最初让我失眠的记忆。

后来得知，有一位大画家叫齐白石，我便想长大当个画家。认为所谓大画家，就是什么都会画。我暗下决心，用写生字的方格本，像填空那样把能想到的东西都画进方格里：星星，月亮，蜗牛，兔子，板凳，毛驴……整本整本地画，作为将来成为大画家的凭据。

有一天，有位叫田聪俊的叔叔来我家做客。他是个很腼腆的文学青年。我打开一本唐诗，指着其中的一首请他讲给我听。这是唐朝诗人刘禹锡的《竹枝词》：

杨柳青青江水平，闻郎江上唱歌声。

  东边日出西边雨，道是无晴却有晴。

  他说这首诗不适合我，我还小，不能理解诗中的含义。但他对诗的解释，并非让我感觉一窍不通，而是异常想往，希望自己将来也能写出这样的诗句。

  然而，我的学习成绩不好。贪玩。上课精神不集中。除了画画，其他成绩总是靠近留级的底线。这让我十分沮丧。等我稍有了学习意识，开始注意黑板时，那场"文革"运动突然到来！我的学生时代也随之结束。没想到念书的时间这么短暂。十三岁那年，我随同家人被下放到新疆石河子一个偏远的农场。在一个除了教点农业常识、组织夏秋劳动，几乎什么也学不到的学校上到初中，就被安排在农场劳动了。先是在机耕队修农具，后来开链轨拖拉机，再后来到工厂当了钳工。经过漫长的波折，更换的工作不计其数。直到多年后，我得到了出国留学的机会，去了海外。

  有时我会想起那段遥远的生活，我的失眠症也逐渐显现。为了治好我的失眠症，我结束了身边的事情，回到中国，回到我曾生活过的那个地方。但那里已经找不到任何记忆中的痕迹，就连"物是人非"都谈不上了。时间，仿佛以足够的时间抹去了所有的陈迹。

  一天傍晚，我倍感孤独地顺着夕阳柔和的林荫道散步，在路边遇见一位与我年龄相仿的男人。我和他搭讪，他居然是我在美国坐在屋顶上想起的同学。起初他叫错了我的名字，提起过去，他情绪激动，却不能说出一点令我认同的细节。直到说起了我们离开学校的最后一天，像往常放学一样，没人认为这是我们学生时代的结束，他泪光闪闪，往事如溪流缓缓流淌。那么多往事，有美好的，有伤感的，也有难以抚平的痛楚！

每当回顾已逝的时光，文学思考便成为快慰我心灵的一根神奇的稻草，我将其握在手中——为梦想当小丑的童年。我寄厚望于这根稻草，试将这荒诞、平庸、转眼即逝的人生转化为文学，填补时间留下的缺憾，将流逝的岁月变为最终的收获。

重新再版的这本书，是2012年9月出版的我的第一本小说集。原名取自书中的《沙盘》，内中收录的十六篇小说，多在刊物上发表过。其中不乏《人民文学》《收获》《当代》《十月》《北京文学》等文学期刊。其中《斯盖尔的老屋》在北京广播电台《品读时分——文学我欣赏》节目中播出，《读者》转载，并被选为教育部、中央电视台主办的《开学第一课》课外读物。

早在2012年，我试投了三个短篇给《收获》，没料想，审稿回复我三篇都用。这些对我，一个业余的文学爱好者，动笔晚，走出校门还是个文盲的"文革"初中生，给予了极大的鼓励和肯定。

之后的数年间，我很少再发表作品，但并未停笔。我边写，边画，边做活儿，边云游遐想，这是我生活的全部，也是酿造文学的酵母——写作的全部。我以为，只有对生活保有好奇和持续的新鲜感，才是激发思路、激情和创作的源泉。

岁月蹉跎，昨日青发今不见——为我热爱的生活，写我看见的世界。

由衷感谢杨匡汉老先生，在繁忙中牺牲宝贵的时间为此书写序。同时，也特别致谢人民文学出版社，为此书的出版所给予的支持和帮助！

高剑

2024年春于藏锋斋

闻斑石的
烦恼